U0938080

在忙碌的世界中守住内心的安定

查一路◎著

金城出版社
GOLD WALL PRES.

图书在版编目（CIP）数据

在忙碌的世界中　守住内心的安定 / 查一路著. — 北京 : 金城出版社, 2018.7
ISBN 978-7-5155-1691-2

Ⅰ. ①在⋯ Ⅱ. ①查⋯ Ⅲ. ①小品文－作品集－中国－当代 Ⅳ. ①I267.3

中国版本图书馆CIP数据核字(2018)第117798号

在忙碌的世界中　守住内心的安定

作　　者　查一路
责任编辑　王秋月
开　　本　880毫米×1230毫米　1/32
印　　张　10
字　　数　180千字
版　　次　2018年7月第1版
印　　次　2018年7月第1次印刷
印　　刷　三河市龙大印装有限公司
书　　号　ISBN 978-7-5155-1691-2
定　　价　38.00元

出版发行　**金城出版社**　北京市朝阳区利泽东二路3号　邮编：100102
发 行 部　（010）84254364
编 辑 部　（010）84250838
总 编 室　（010）64228516
网　　址　http：//www.jccb.com.cn
电子信箱　jinchengchuban@163.com
法律顾问　北京市安理律师事务所　18911105819

目录

第一辑 执着：向枪口走去

第二辑 心智：有没有公奶牛

第三辑 良善：耶路撒冷之痛

第四辑　毅力：可可西里之魂

第五辑 人生：人生那顶帐篷

第一辑／

△

执着：向枪口走去

一生追捕一个人

读书。从书中知道这样一件事。

英国有一名警官叫梅耶，为了抓捕一名奸杀女童的罪犯，耗尽了一生的时间。21岁，他骑着单车吹口哨，当了警察，这年龄像青苹果一样芬芳。从那时起，他接受了这个案子，于是，这个案子成了他生活的轴心，历时52年，直到两鬓染霜，73岁了，他才将罪犯捉拿归案。

这52年，他没有一刻闲暇，翻阅了十几米厚的卷宗，足迹踏遍了四大洲，打了30多万个电话，行程达80万公里，时间跨越了52年。这一连串的数字几乎可以涵盖他的一生。

有记者问他，这样值吗？梅耶说，一个人一生只要干好一件事，这辈子就没白过。

一生只干了一件事，在许多人看来这很可惜。事实上，如果不是执着地干一件事，可能一生的时间大部分都分散到无数杯冒着热气的咖啡上，分散到刚刚出炉的新鲜报纸上，而闲散的时光，则被大把大把地空置出来，用来娱乐和休闲，用来在无聊中慢慢打发。貌似为无数件事在忙，实则连一件事也没有干成——这就是大多数人平庸而空白的一生。

执着的人，总能把事情干成。那些发无数宏愿的人，那些任何事都想染指的人，那些做人做事有始无终的人，无一例外，虎头蛇尾。这样的人真的让人很失望，心里为他急，真的很想对他说，执着点，做好一件事或许就够了。

一支24人的探险队，到亚马逊上游的原始森林探险。热带雨林的特殊气候使许多人的身体严重不适，队员们相继失去联系。两个月后，他们在原始森林中相继不幸遇难。他们当中只有一个人创造了生还的奇迹，这个人就是著名的探险家鲍莱森，很多人问他："为什么唯独你能幸运地死里逃生？"他说："世界上没有比人更高的山，也没有比脚更长的路。"

这意思再明显不过了，执着地爬上去，能登临世界上最高的山，执着地走下去，就能走到路尽头。

鲍莱森能起死回生，没有什么秘诀，他选定了一个方向，就按这个方向坚持走。按一个既定的方向走，森林再广袤也能穿越。那些遇难的队员，几乎都是在快要走出森林时，重新选择了方向。

朝着一个方向，干一件事，事情无论大小，把它干成了，至少能成为启迪他人磨砺毅力铸就坚韧的生活教材。于己于人，都有价值。

“爱情天梯”的女主人公徐朝清老人去年10月30日去世了，与2007年去世的男主人公刘国江葬在了一起。这是一对普普通通的农妇和农夫，男主人公刘国江一辈子为了爱人，在悬崖峭壁上凿石梯，悬崖之陡峭让人望而惊魂，而刘国江用一生的时间千锤万凿凿了六千多级石梯。

抬眼望这条飞跃千仞纵身万壑的石梯，没有谁不热泪滚滚。

守望时间长河里最后一份孤独

在现今的地球上，仍然生活着一个极度微小的原始部落。

他们是亚马逊河流域的印第安人亚瓦部落剩下的最后一批成员。这个部落，最初有360名成员，现在剩下不到100人。从某种意义上讲，真正与现代生活隔绝的正是这不到100人的部落，这是现今地球上遗存的最后一个原始部落，他们定居在亚马逊丛林的心脏地带。

丛林外是文明社会，现代生活高度发达的、丰富的物质生活，让这个生活在丛林中心的原始部落，无形中变得古老和神秘，仿佛未经出土的文物。

亚瓦部落的人们，生活是快乐、自然和安逸的。成年男人的头上和臂上，带着羽毛做成的环状饰物，他们穿行在丛林中，向着奔跑的兽群展示拉弓射箭的娴熟技能。

由于免疫功能低下，这些在原始状态生活的人们，极易染病，生命脆弱。水果和动物日益减少，让他们的生存变得殊为艰难。

但这并不妨碍他们从自然中获得的快乐，也不妨碍他们对生活准则的坚守。他们放纵天性，纵情山水，友爱和团结，让险象环生的丛林，变成了鲜花铺排的幸福家园。

他们守望着自己的习俗、守望着敬若神明的自然，守望着时间长河里最后一份孤独。更重要的是，他们守望着属于自己的生活方式。

从互联网上，能看到英国一家慈善组织给他们拍下的多幅生活照片。

一位亚瓦男孩，头戴鲜艳的花环，看上去英俊异常。

一位成年男子弯弓搭箭，姿势剽悍，射天空中的飞鸟。

一只猴子，盘在少女的肩上，很顽皮很可爱。

然而，不远处，伐木工人的电锯，正一片片伐倒离他们不远的森林，生存的家园风雨飘摇，危在旦夕。

情况十分糟糕。一条巨大的铁路正向着亚马逊河流的腹部延伸，亚瓦部落赖以生存的森林，有近31%已经被非法砍伐一空。部落族长对英国一家慈善组织说："伐木者正在摧毁所有土地。这是印第安人的土地。对伐木者的行为我感到非常生气，极其生气。对我来说，狩猎并不是玩乐，我的孩子都在饿肚子。"

是的，森林被无度地砍伐，不但会让亚瓦人失去赖以生存的水果、动物，更重要的是栖身之所的丧失。遮蔽他们的森林成排倒下，他们的生活日渐裸露在人们面前，地球上最后一个原始部落，正一步步走向灭亡。

令人感慨的是，他们并没有沉沦，也不曾悲哀自弃，甚至在即将来临的灾难面前，也没有过分的不安与恐惧。表露在生活细节中的生生不息的生命激情，也无法用听天由命来简单地诠释。

他们积极通过慈善组织与巴西总统联系。

他们依旧继续快乐地生活。

他们在篝火边纵情歌唱。

他们在森林里奔跑追逐猎物。

他们表达爱情繁衍后代。

他们在孤独中守望幸福。

天性中的快乐和与生俱来的坦荡，这是最后的原始部落展示给文明社会的风采，它教会了在文明社会生活的人们，如何在孤独里守望，并保持怎样的姿势。

飞越山顶的船

十五世纪，21岁的穆罕默德成为奥斯曼土耳其帝国的苏丹，这位雄才大略的君主，日夜思虑和谋求的是：攻陷东罗马帝国的拜占庭。

1453年4月5日，奥斯曼土耳其的船队在穆罕默德的率领下，犹如风卷残云，剑锋所指，是危如累卵的拜占庭。

拜占庭是昔日的君士坦丁堡，曾经固若金汤，城墙坚不可摧，大炮更有无穷的威力。此外，拜占庭还有更好的屏障——金角湾，这一海峡犹如盲肠环绕在拜占庭的一侧。

更大的障碍等着穆罕默德去克服。为了拜占庭的防御，东罗马帝国在金角湾的入口处，拉起粗如海象的铁链，铁链雄浑地穿越海峡，数道铁链聚在一起，任怎样尖利的船，也无法通过。战舰被隔离在金角湾之外，年轻的苏丹穆罕默德彻夜难眠。穿越海峡的那根粗大的铁链，几乎阻断了他的梦想。

穆罕默德是个梦想家。他天才的设想，让后来的人们惊叹。

他要让自己的舰队绕过铁链，进入金角湾的内港。可是金角湾的两岸是陡峭的高山，穆罕默德的想法是——让舰队飞跃山顶。这是一个令人瞠目结舌的想法，看起来荒诞不经，同时也是史无前例。

然而，天才的光亮正是在此刻照亮幽暗。

穆罕默德着手实施他的舰队飞跃山顶的计划。他让工匠找来无数根圆木，把它们制成滑板，然后把从海上拖来的船，固定在滑板上，如此同时，佩拉山丘的两侧——上坡与下坡，都被成千上万的工匠用土填得平整。为了掩护这项大规模的行动，穆罕默德命令日夜向远方的城池发射大炮，开炮的目的不是轰击敌人，而是转移对方的注意力。

悬念即将水落石出，舰队究竟能不能飞跃山顶？命令——是穆罕默德口中的魔咒。开始了，宏伟的景象赛过万马奔腾，士兵们像一群蚂蚁推动着大船，大船底部的滑板架在圆木上，无数根涂抹油脂的粗大圆木滚动起来，隆隆的轰鸣声震天响起。牛、马、士兵使在船上的力量将船向山顶牵引。

奇迹发生了，一艘艘船上了山顶，然后以排山倒海之势滑向金角湾的内港。一只庞大的舰队，终于，传奇般地越过了佩拉山丘的山顶。1453年4月22日，七十艘战舰越过山岗和峡谷，越过种植着葡萄的山丘、田野和树林。行驶在海上的舰队梦幻般地飞跃了山顶，从一个海域转移到另一个海域，在战争史上，这几乎是闻所未闻。

这突如其来的舰队，攻其不备，在金角湾的内港激起雷鸣般的海啸，这巨大的喧嚣，宣告了拜占庭的陷落。穆罕默德如愿以偿了。或许，除穆罕默德之外，谁也没有想到庞大的舰队会飞跃山顶。然而，穆罕默德想到了，并且做到了。飞跃山顶的船，承载着奥斯曼土耳其帝国的崛起。梦想，并在梦想中创造奇迹，一切皆有可能。

智慧和意志，是成就一个人伟业的前提，让他日思夜想的事物艰难玉成。

为一条鱼辩护

在瑞士的苏黎世法院，当地著名律师哥切尔，为他的一个不同寻常的客户进行辩护。

他为之辩护的是一条22磅重的梭子鱼。这条鱼在与渔夫挣扎10分钟后被捕获。哥切尔辩护的核心在于，渔夫将咬钩的梭子鱼钓上水面所花时间过长，致使梭子鱼遭受过度的痛苦。

疼痛，是人无法忍受的。同样，梭子鱼和许许多多的动物，也无法忍受疼痛。如果动物过度的疼痛，是由人带来的，那么，人就应该对动物的疼痛承担责任，为动物的疼痛埋单。这是哥切尔的司法理念，同时也是他博爱的宣言。

这事还得从某天上午说起，这天，哥切尔来到他的律师事务所，当他拿起一份报纸。一幅图片映入眼帘，他震惊了：一只足足四英尺长的梭子鱼，在一只鱼钩上苦苦挣扎。他仿佛听到了鱼的呻吟声。鱼说，我很痛。旋即，哥切尔的内心也感到了疼痛，突然，他的内心比鱼疼得还厉害。

哥切尔是个有趣的人，他曾经连续10天不说话，以此来体验，动物们没有语言表达痛苦的痛苦。

回到眼前的这幅画面，哥切尔说，此情此景，让他想到了另一幅画面，一位非洲狩猎人，将一只大脚踩在鲜血淋漓的狮子头上……哥切尔感觉自己也仿佛中了一枪，疼痛弥漫开来。眼前梭子鱼的疼痛折磨着他，他想到必须有人为这条鱼10分钟的煎熬和痛苦埋单。

于是，他帮着动物保护组织起诉作为被告的业余垂钓者，涉嫌残害动物。他要告诉人们，动物，必须以人道的方式捕获。

瑞士，是一个对生命高度尊重的国家。无论是对动物，还是对植物。法律甚至规定，科学家在对植物进行试验之前必须考虑植物的尊严。还有些有趣的规定，比如，养狗的人在购买宠物狗之前必须先修四小时的课程。养群居动物，包括鸟类、鱼类必须有伙伴。鸟笼和鱼缸必须至少有一面是不透明的，以使里面的鸟和鱼有安全感。

即便如此。哥切尔还是败诉了。

原因是，那条不幸的梭子鱼，早已成了饕餮者盘中的美餐。

很明显，哥切尔缺乏物证。不过，哥切尔表示还将选择上诉，只是他觉得，任何进一步的判决，对于这只梭子鱼来说都会显得太迟。

然而，无论怎样，为一条鱼辩护，就等于在为一切生命的尊严辩护。让制造痛苦的人为痛苦埋单。这样，才能让所有制造疼痛的手，变得犹疑而谨慎。

一定要把石头带回来

从南极回归的途中，斯科特的探险队遭遇了暴风雪。帐篷外面，暴风夹杂着雪粒，怒吼着，拍打着，发出狼一样的长啸……

更恶劣的情况不止是天气，斯科特的探险队燃料和粮食也已耗尽。队员已经耗尽了体力，游走到生命的极限，斯科特的心像一块沉重的石头，不停往下沉。眼下，他所能做的，就是写完最后一篇日记，对于探险家来说，生与死，仿佛只隔着一张薄薄的纸，一穿就通，斯科特对此似乎早有准备。然而，令他不能释怀的是，他眼前的一堆石头。

这是一堆南极带回来的石头——35磅重的地质标本，几乎耗尽了他和队员的体力，如果从保存体力考虑，对于这些沉重的石头，他应该断然弃之。而斯科特考虑的是，通过他的南极之旅，人类对于未知的南极的认知，这正是南极探险的意义所在，远远胜过所谓的“征服南极第一人”。

话说回头，几个月前，斯科特恰恰是冲着“征服南极第一人”而来的。

英国探险家斯科特一直有个夙愿，他要率他的探险队第一个征服南极。正当他养精蓄锐、整装待发之际，他收到了挪威探险家阿蒙森的电报，阿蒙森告诉他，自己也在率队向南极进发。于是，一场心照不宣的竞赛开始了，谁先到达南极，无疑谁就是“征服南极第一人”。

不幸的是，斯科特在选择工具问题上，犯下了一个致命的错误。

他选择了不耐寒的小马和狗一起拉雪橇，狗与马同行的速度很难协调，如此一来，行进缓慢，行程滞后。不久，小马和小狗都难以承受严寒，最后只好用人力来拉雪橇，在通往南极的冰天雪地，人的能量几乎耗尽。

而阿蒙森的计划周密而详实，他选了一名养狗的专家随队，队员都是滑雪能手，阿蒙森很重视队员的健康和体能，他用新鲜的海豹肉给队员补充营养。

这样，斯科特与阿蒙森的角逐，似乎已露端倪。

果然，当斯科特的团队经过两个半月的艰苦跋涉，于1912年1月17日抵达时，他们看见高高飘扬的挪威国旗和阿蒙森探险队留下的雪橇的痕迹。事实上，阿蒙森已于1911年12月14日顺利到达南极点。斯科特比阿蒙森晚了34天。

显然，斯科特失败了。然而，斯科特也有远远胜出阿蒙森的地方。

返回的途中，斯科特的探险队更是遭遇种种不测。在离食物储存点20公里的地方，斯科特和他的队员相继罹难。当搜救人员发现他们的遗体时，所有的人都惊呆了。

在极其艰苦卓绝的环境和条件下，斯科特和他的队员，坚定地把35磅的南极石头作为地质标本带了回来。看着这些用生命换回来的石头，人们断想：如果舍弃这些石头，那通往食物储存点的20公里的路，他们一定有足够的体能通过。

而事实是，他们带着这些石头，罹难在回归的路上。

看着这些石头，斯科特的声音仿佛在冰天雪地回荡："我一定要把石头带回来！"人们仿佛听见末路英雄的悲歌，仿佛能听见他们讲述生命的意义，和探索与献身的崇高精神。

如今，在南极地图的极点上，同时并列着这两个人的名字。在西方，人们尊敬斯科特，甚至超过了阿蒙森。

安静地居于一隅

1975年某一天，作家孙犁被安排出国访问。当时，这样的待遇，让大部分作家趋之若鹜。可是孙犁并没有去，他喜欢安静地居于一隅，不喜欢热闹。于是，他找个理由把这活儿给辞了，这理由也忒牵强了点——他不会打领带。孙犁躲在家里干什么？他在日记里写道："1975年11月16日上午，冬日透窗，光明在案。裁纸装书，甚适。"

甚适，意思是非常惬意，相当舒服。说白了，孙犁这一天在家里过得很爽。

把喧嚣的世界关在窗外，安静地居于一隅，安坐在冬日的阳光下，这是孙犁美好生活的全部。光明在案，裁纸装书，闲适而自在。"甚适"之感——是对宁静的心最高的奖赏。

相反，混迹于嘈杂的闹市，挣扎在喧哗的名利场，会得到什么？不过名利富贵罢了。这就一定好么？叔本华说："人们追求名利富贵，犹如渴饮海水，喝得越多，越是口渴。"欲望，在满足中被不断放大，一直向人性贪婪处无尽地延伸。于是，焦虑填满了每时每刻的心。

大哲学家康德，一生远离闹市，终生在自己偏僻的故乡度过。为了安静地思考，他甚至远离婚姻，终身不娶；安静地固守在自己出生的小镇，他甚至没有远行，最远的一次旅行是离家不到六十英里的阿恩斯多小镇。

我想，康德的心应该是自在快乐的。在安静的一隅，康德的哲学之树结出累累硕果，生活的习惯也达到天人合一的境界。他每天同一时间，沿着一条偏僻的小道散步，静静地思考，守时之精准，邻居们每天利用这一时间对表。"康德小道"是一条安静的小道。唯其安静，才成全了康德的思考。

一般人做不到这一点，因为一般人的内心，被喧闹的世界，吵得六神无主，手足失措。而康德，安静下来了，故而心远地自偏，万物不能动其心……

安静的时间，属于我们的原来越少了。现代人的耳膜，随时都在恭候手机和门铃的声音。人声鼎沸、车马喧哗，时时刻刻在轰炸人的听觉，这还是表层意义上的。严重的是人的内心，有多少人还甘于宁静？你看满大街匆忙的脚步，焦灼的眼神和急于表达的口舌，那便是表征。

过度的虚荣心是自己最大的敌人，在万人礼堂庸僧谈禅，在电视上“搔首弄姿”，在人多的场合出尽风头，自己的心有多累，旁观者的心却生出几多鄙薄，真是得不偿失。

安静地居于一隅，让疲惫的心得到休整，在安静中产生轻松，轻松中生出灵感，进而有所创造，亦不乏收获。未必需要去偏远的地方，只需要在自己的心灵和外界的热闹之间，修筑一条隔离带。未必需要一生偏安，只需要一生无数个瞬间，为自己寻得机会。

“渐冻人”的霍金，坐在自家的阳台，观察到了“黑洞”，洞悉了宇宙的秘密。其实，安静地居于一隅，世界将更为辽阔。

敢于直言，也敢于付出代价

伊格纳兹·塞梅尔维斯，1818年生于布达佩斯，是一名产科医生。

作为一名年轻的见习医生，他在维也纳的一家妇产科医院工作。在那里他有了令人震惊的发现：有十分之一的产妇死于产褥热。他们都是穷人。而在家里生产的富有的产妇们，远没有这样的死亡比例。

塞梅尔维斯仔细观察了医院的日常工作。开始怀疑是医生造成了病人的感染。他注意到，医生常常解剖完尸体，就从停尸房直接回到产房对产妇进行检查。因此他建议，作为一项实验，让医生在接触产妇之前洗一下手。

洗一下手，对于医生来说，是举手之劳。可是，要知道，这个建议是塞梅尔维斯提出的，而塞梅尔维斯当时只是一名见习医生，是个无足轻重的小人物。还有什么要求比这样的要求更加无礼？他居然胆敢向其上司提出这样的建议！他的直言上谏被当时的医学界看成是对权威的冒犯。

何况，洗一下手，就等于承认了产妇死亡的责任在于医生，是医生造成了病人的感染。这是权威们更难接受的。

但是死亡还在继续，这让塞梅尔维斯无论如何不再顾忌人与人之间那种庸俗与微妙的关系，让他义无反顾地坚持。去产房，去停尸房，他向每一位医生发出请求，坚定而又固执。他请求医生们洗一下手。而当时的权威们，他们并不真的在乎拯救生命，他们关心的只是人们对权威的尊重和服从。

一次次直言，一遍遍请求。最后，在穷尽了对塞梅尔维斯种种讽刺、挖苦和嘲笑之后，他们最后终于同意了。开始用肥皂清洗自己的手。

奇迹产生了，大批的产妇死亡停止了。“洗一下自己的手！”这个从塞梅尔维斯医生口中发出的无数遍请求，拯救了成千上万条生命。产妇的死亡率降到了仅仅百分之一。

其实，塞梅尔维斯内心十分清楚，因为冒犯权威，随之而来的，是从维也纳医学界的排斥和忌恨。不久，他被迫离开了医院，离开了奥地利，虽然他对那里的人们尽心尽责。最后，他在匈牙利的一所地方医院结束了自己的行医生涯。在那里，他彻底放弃了人性、知识和他自己。一天，在解剖室里，他将一把刚刚解剖过尸体的刀片，故意刺进了自己的手掌。不久，他便死于血液感染。

然而，也就在塞梅尔维斯去世后的两年，“消毒外科手术”就很快得到了普及。在后来的医学界，在人们的心目中，唯有塞梅尔维斯才是真正的英雄。

我们往往轻易就放弃了真理，是因为我们不敢向固定的习俗和强大的权威表达自己的意见；即便跨出了第一步，往往却因为人微言轻而不敢坚持；当意识到坚持将会付出代价，最终选择了退缩。生活中的真理，往往就这样湮没于我们内心的怯懦，而不是身份的卑微。

莱登修女的遗物清单

在德国的普劳森监狱，一条叫“莱登路”的小径，通往当年的行刑室。行刑室现在已辟为纪念馆。与奥斯威辛集中营不同的是，这里关押的是反对希特勒的德国人。1944年6月9日，一名叫莱登的修女，告别了柏林的春天，被纳粹组织的人民法庭送上了行刑室的断头台。

行刑室的墙上，如今留下了当年莱登修女一份明细的清单。她留下了24.39帝国马克的零用钱，35.70帝国马克的劳动津贴，信夹一只，手袋一只，发刷两把，手帕九条，手套一副，发夹一只，大衣两件，袜子四双，护领一根，衬衣一件，夹克两件，裙子两条，衬裙三条，睡衣两件，裤子四条，内衣一件，梳子一把，羊毛衫两件，毛巾两条，男式衬衣一件，紧身胸衣一件，两套礼服，几件衣服。

临行前，她指定一名叫列保尔德的女士来继承她的遗物，由该女士从监狱中取走这些东西。

即便在监狱，她也要用两把发刷梳理秀发，仅手帕就有九条。莱登的生活何等精细优雅。这不是一位悲观和厌世的修女，从遗物清单，人们可以看到，莱登对生活的眷恋和热爱。生命最后时刻来临，生活中的点点滴滴，被莱登的镇定和从容拾掇得那么条理清楚。修道院的重门和监狱的铁栅栏，锁不住女性爱美的天性，和她蓬勃的青春。

本来，她可以在修道院山坡上的密林，聆听夜莺的歌唱；也可以养在深闺，喝上等的葡萄酒，生活安逸而自在。然而，远处隆隆的炮声打断了莱登平静的生活，身边的青年一个个被送往战场当了炮灰。那些鲜活的灵魂和肉体必须得到拯救，莱登帮助了一名应该服役的青年逃避当兵。她在践诺着上帝的箴言，然而，不幸旋即而来，她藏匿青年逃避兵役的事被发现。不久，莱登被投入纳粹为德国人自己建造的监狱。经历了几年的集中营劳役之后，莱登被判绞刑。

几乎整个民族为一位独裁者的手势而疯狂时，一位修道院的修女却始终保持着清醒。每一个生命的逝去，都让她哀婉；生命存在的价值，远远高于任何一切貌似崇高的理由和狂热的口号。对她而言，为拯救另一个生命，她愿意舍身饲虎付出自己。

当暗夜堕入无边无际的黑暗，总有流星微弱的光亮划过，比如这位莱登修女的义举。最黑暗的一刻，也正是茨威格所预言的“人类群星闪耀时”。光亮即便微弱，也标明了一种对立的存在。

在这堵冰冷的墙上，来自世界各国的人们，触摸到那个年代这个国度仅存的一点体温。正是这点体温，让不同肤色的人们从中感受到，即便大难临头，对于生命和爱的激情，却可以生生不息，永不绝望。

向枪口走去

1989年4月5日，当昂山素季和同伴行走在缅甸一个城镇的街道上，这位亚洲杰出的女政治家，看到了正瞄准自己的一排整齐的枪口。他们遭遇了缅甸军政府一队荷枪的士兵。昂山素季正是军政府通缉的要犯。

用和平的方式争取民主，使这位美丽较小、弱不禁风的亚洲女性获得了“民主斗士”的称号，并且赢得了1991年的诺贝尔和平奖。颁奖词以毫不吝啬的言辞称赞她是：“亚洲近数十年来公民勇气的最非凡榜样。”她主张宽容与非暴力对抗。

然而此刻，千钧系于一发。领队的军官告诉她，如果她们再往前跨出一步，无情的子弹将和她们对话。

或许向后退去，让后散开，继而逃匿，可以化解危情。然而，昂山素季站住了。她的心里没有恐惧。她让同伴们站到一边。生与死的边缘，她做出了抉择。她选择了向枪口走去……

在场所有人都屏住了呼吸。喧闹的现场顿时有死一般的寂静。风扬起了她的长发，她抬头看了一眼最后的天空。那一刻，人们从她苍白的脸上，从一位娇小柔弱的亚洲女性的脸上，读到了刚毅和从容，读到了平静与悲悯，以及无尽的美丽。这位承担着“同情和爱心”的使者，准备用生命为理想践诺。她知道——“因为正义需要宽容来缓和。”

一步一步，她向枪口走去……

非凡的勇气源于内心强大的力量。正如她事后所说：“我发现，恐惧来自敌意。当我被充满敌意的军队包围时，我没有感到害怕，因为我从未对他们怀有敌意。”

一步一步逼近，领队军官脸色煞白。

突然，军官那只准备下令开枪的胳膊，垂了下来。他命令士兵——不要开枪！所有的士兵随即垂下了枪口。昂山素季泪流满面。这最后一刻的决定，连这位军官事后也很难说清到底是因为什么。勇气赢得了敬仰，宽容复制了宽容，还可能有着更多更复杂的心理因素。

或许，向枪口走去，才能让对方掉转枪口；或许，心中不存敌意，才可以化解敌意。

唤起内心潜在的力量

二十世纪五十年代开始，政治浪潮席卷着文化人。胡风是风口浪尖上的人物。据牛汉回忆，五十年代初，他和胡风见过几次面。那时胡风正承受着巨大的痛苦，牛汉不止一次看见他在房间里急速地走动。有一次，牛汉止不住问："胡先生，你的神经不会绷断吧？"胡风异常自信地说："哪里会脆弱到那种地步，我的神经有缆绳那么粗，多大风暴也不能奈它何。"

"神经有缆绳那么粗"，这是一种心灵的力量，是战胜风暴的唯一凭借。历史的洪流里，有暗礁，有漩涡，命运的舵往往不能把握方向，唯有内心的定力，才能铸造神经的缆绳；唯有像缆绳一样粗砺坚韧的神经，才可以在风雨飘摇中让生命之帆高扬。

同样是在二十世纪，梁漱溟，与领袖开展了那场著名的争论，被公开点名批评，此后此公命运多舛，一直到二十世纪八十年代初，才搬开压在头顶的巨石。晚年的梁漱溟，当美国艾恺教授在采访他时问他，是否是那场历史大游戏中失败的一方？梁回答说："我并不失望"，"也没有遗憾"，"我做完了我这一生要做的事情"。

梁漱溟活到95岁才离世。艾恺教授不得不感慨："总的来说，梁漱溟是一个幸福的、惬意的老人，世间的万事都不足以动其心。"正如梁漱溟自己说的："生命是心，是心表现在物上的，是心物之争。历史一直是心对物之争，一次一次无数次，一步一步无数步。"在这"无数次"和"无数步"中，被征服的，是心外的物。不被征服的，是非常"自我"的心。

原北大校长马寅初，因"新人口论"被批判，被革职。有人把革职的消息告诉他，他正坐在藤椅上对一个问题作形而上的思考，听到消息，他轻轻地"嗯"了一声。几十年后，有人把平反的消息告诉他，他同样坐在那张藤椅上，同样是轻轻地"嗯"了一声。这就是宠辱不惊的马寅初，活了101岁的马寅初。

唤起内心潜在的力量，在心灵的深处找到另外一个比现实中更强大的"自我"，来抵御现实中的狂风恶暴，就是梁漱溟先生说的："深深地进入了解自己，而对自己有办法，才得避免和超出了不智和下等——这是最深渊的学问，最高明最伟大的能力和本领。"这是一种现实姿态、心灵智慧和精神气质，为自己的人生赢得身后多少嘉许和景仰。多少年后，忆陈年旧事，提其名，人们忍不住要赞，嚯，那人！一身傲骨，敲起来梆梆地响。

境界犹如撑竿跳

蒂姆·伯纳斯·李的名字远没有比尔·盖茨响亮。但他却是互联网公司CEO们心中的偶像。

1990年，伯纳斯·李在当时的NEXTSTEP网络系统上开发出世界上第一个网络服务器和第一个客户端浏览器编辑程序。接着，启动了万维网并成立了全球第一个www网站。这位1955年出生于伦敦的物理学家，是万维网的创始人。

如今，WWW、HTTP、URL等词语成了人们习惯的日常用语，万维网正在日益深刻地改变人们工作、娱乐、交流思想和社交的各种方式，并影响到人们生活的几乎每个领域。从某种程度上讲，万维网诞生的意义并不亚于印刷术、电话等发明对人类历史的深远影响。

伯纳斯·李的发明改变了全球信息化的传统模式，带来了一个信息交流的全新时代。可是，伯纳斯·李并没有为“WWW”申请专利和限制它的使用，而是无偿地向全世界开放，为互联网的全球化普及翻开了里程碑式的篇章，让互联网走进千家万户。也就是说，为互联网的普及，伯纳斯·李放弃了自己本可以获得的天价的财富，更进一步说，他本可以在财富上与比尔·盖茨一决雌雄的。

同样是在1990年，微软完善了自己的苹果视窗版本微软视窗3.0。1996年微软“全心全意地拥抱了因特公司”。如今，微软是世界上Web各种浏览器中的最强提供者，稳坐行业的第一把交椅。无疑，比尔·盖茨是这个时代的创富英雄。

与伯纳斯·李不同的是，比尔·盖茨不放弃任何一个商机，人们形容他像一只青蛙，瞪着双眼，紧盯着浮在水面上的所有昆虫，看准时机，迅即下手。这位技术的追星族，是在合适的时间和地点露面的天才。

盖茨可能觉得自己很委屈，他也能捐出善款，与他人分享财富，为什么自己总是官司与麻烦不断？其实，他应该明白他首先满足的是自己。财富，让他有吃不完的汉堡和如花美眷。也让他在被红颜知己诉诸法庭时，能支付80亿美元的巨款。

人心是杆秤。如今，伯纳斯与盖茨的境遇有所不同，伯纳斯虽然没有获得巨额财富，却被尊为“互联网之父”，人们称誉他的贡献时说：“与其他所有推动人类进程的发明不同，这是一件纯粹个人的劳动成果，万维网只属于伯纳斯·李一个人。”2004年4

月，芬兰技术奖基金会将全球最大的科技类奖“千年技术奖”授予他。

相对于伯纳斯，盖茨虽然富可敌国，但在欧美，人们把更多的麻烦给予了他，并且处处提防，让他焦头烂额，疲于奔命。他甚至不知道，未来岁月里究竟还有多少说不清道不明的官司等着他。因为对于他的财富，人们有个疑问，这家伙是不是把我们口袋里的钱掏得太多?

在IT精英不断涌现的今天，比尔·盖茨，或许有可能被人取代，但有谁能相信，还有谁比伯纳斯走得更远?

伯纳斯和盖茨的差别，是科学家和商人在人生境界上的差别。境界犹如撑竿跳，要想跳得高，必须克服引力。要克服“自我”和“欲望”的地球吸引力，必须呼啸而起，在极限的高度将自己甩出去，才能获得超越平庸的高度，高于几倍世俗的自我。从这个意义上说，我觉得盖茨玩得是跳高，而伯纳斯玩得则是撑竿跳。

亲爱的朱丽叶

维罗纳是一座历史悠久，有着25万人口的意大利中等城市。这里气候宜人，风光旖旎。不仅如此，莎士比亚戏剧《罗密欧与朱丽叶》中朱丽叶的故乡就在这座城市，是全世界年轻人心中的爱情圣地。每年，不同语种的成千上万封情书，汇集到这里，汇到卡佩罗路27号的一个小院。

院中的一幢小楼就是沙剧中朱丽叶的故居，院中铸有一尊与真人大小相同的朱丽叶的青铜像，那座令无数年轻人无限神往的大理石阳台，正是当年罗密欧与朱丽叶幽会的地方。

每一届的维罗纳市市长都会面临一个难题，世界各地给朱丽叶的情书，如雪片般飞来，这不是一些可以随便处置的信件，他们不能让世界任何一个角落有一个对维罗纳的“伤心人”。为此维罗纳市成立了一个朱丽叶俱乐部。每次都有十个志愿者承担替朱丽叶的回信工作。于是，多少年来，那些写给朱丽叶的信，都有了来自“天堂”的回音。

瑞典青年奥尔森，收到过上千封这种来自“天堂”的信。奥尔森命运多舛，童年，其他孩子在绿草地上踢着足球时，他却坐在轮椅上。十六岁那年，他萌动的春心和夜莺一起歌唱时，一次惯例性的检查，被检查出患上了白血病。

生死交付给生命的预约，然而，奥尔森是那么渴望爱情。他爱读莎翁的戏剧，泪水一遍遍打湿了《罗密欧与朱丽叶》剧本。现实中，他没有一位女友，甚至没有一位要好的朋友。

于是，试着给朱丽叶写信。每封信的开头都是“亲爱的朱丽叶……”本以为是无望的倾诉。然而，当信抵达维罗纳市卡佩罗路27号的那所小院时，“朱丽叶”回信了。这让奥尔森喜出望外。

奥尔森的心与墙外的绿萝一道绿了起来。透过窗棂，他看到了远处碧蓝的天空，快乐的飞鸟，和从户外伸进窗户的常春藤的叶片。奥尔森抱着吉他，与树梢上的云雀一起歌唱，阳光从阴霾中射出金光，照亮了奥尔森的心。

每封回信都这样写着：“亲爱的奥尔森，你就是我的罗密欧，亲爱的罗密欧，你在哪？……”信封的落款都是卡佩罗路27号。奥尔森甜蜜又惆怅，他想，这不是真的。可是，他又想，为什么不把她当成是真的？奥尔森的心里，幻象一次次在如此这般的否定中变成了事实。

三年的时光，悄然逝去。奥尔森在病痛中，甜蜜地度过了三年美好的时光，每当奥尔森心有不快，他都会轻轻地呼唤一声："亲爱的朱丽叶！"烦恼也随之烟消云散。这三年的时间里，他写下了近千封信。每封信都收到了简短的回信，这是奥尔森生活意义的所在。有了它，奥尔森就有了战胜病痛的勇气，心灵也因此有了强大的支撑。

身体每况愈下，奥尔森清醒地意识到，接下来会发生什么。他想做些什么，他花一个月的时间，把朱丽叶的回信一张张折叠成纸鹤。折好数一数，整整一千只。

大限来临的那一天，奥尔森依靠众人的帮助，让纸鹤从窗棂一只只飞出去，最后一只，是奥尔森亲手放飞出去的，他微弱地呼唤一声"哦，亲爱的朱丽叶"，泪就涌了出来。然而，奥尔森笑了，他分明看到了云朵上的天使，飞进窗棂，站到了他的右肩……

如今，在斯德哥尔摩的一条小巷，奥尔森的居住地，许多人家都保留了一封朱丽叶给奥尔森的回信，他们被这个故事深深打动，同时也相信，这一片淡薄的纸，能给爱情疗伤。

维罗纳，这是一个温情的城市，充满了爱和体贴。如果我能远足，我想到这个城市。因为她让每一份情感都有呵护，她让每一声微弱的呼唤都有应答。如果我能走过这座城市，走过卡佩罗路27号那所小院，我也会轻轻唤一声："亲爱的朱丽叶！"——这是我们一生的伤感和浪漫。

魔笛声中的喜与忧

德国北部威悉河边的哈默尔恩，一直是名不见经传的小镇，直到《格林童话》的诞生。格林兄弟曾踏破铁鞋，遍访德国北部63个小镇，收集了这些小镇代代相传的童话，集结成一本异彩纷呈的童话书。其中《彩衣吹笛人》更为脍炙人口。《彩衣吹笛人》所写内容，正是在哈默尔恩小镇发生的故事。

中世纪的哈默尔恩一度鼠患猖獗。因灭鼠无策，城中人人自危。一天，来了一位穿五彩长袍的彩衣吹笛人，声称可以灭鼠。镇里人答应，只要吹笛人能够灭鼠，就可以获得一笔丰厚的酬金。吹笛人拿出魔笛吹奏，老鼠追随而来，闻笛起舞。吹笛人前边带路，悉数将老鼠带入威悉河中淹死。

吹笛人兴冲冲回到镇上，然而，镇上的人却食言而肥，拒绝践诺付款。吹笛人再次吹响魔笛，这次闻笛声而来的不再是老鼠，而是一百三十多个无辜孩子，吹笛人将这群孩子同样引入了威悉河中，自己飘然而去，隐逸林中。

因不诚信而酿成惨案，因不践诺而遭受惩罚，“老鼠”留给了这个小镇永久的痛，这个故事发人深省，却并不美丽。

如今，这所小镇因祸得福，因这个并不美丽的故事而闻名遐迩。一时间，游客往来如织。哈默尔恩市旅游局也适时抓住商机，大打“老鼠”牌。

以市政府的名义成立了世界上绝无仅有的“捕鼠人博物馆”；剧院成天上演着《彩衣吹笛人》的歌剧；餐馆里烹饪着和老鼠有关的美味；大街小巷，悠扬的笛声不断；穿着彩衣的吹笛人和由人化妆的“老鼠”，展开亲密而热烈的追逐游戏；导游也是打扮成捕鼠人的小丑；街道两边出售捕鼠的器具；甚至连地砖也印上了老鼠的图案。

这个城市，处处打上了鼠的烙印，成了世界各地游客趣味盎然的“老鼠城”。

世界各地游客趋之若鹜，给这个城市带来了巨大的财富。老鼠城的人，享受着这些财富，生活轻松而富足。

然而，令人意想不到的是，一个权威机构对这个城市中的居民做了调查，调查显示，在被调查的人中，百分之八十的人想与这个故事和这个城市脱离干系。每一声笛声，都是他们心头的痛。因为在他们看来，虽然获得了财富，但他们在出售伤疤。

通往良知的唯一道路

风雪弥漫着北回归线，索尔仁尼琴要离开自己的祖国，这位秉持博爱情怀和人道主义精神的诺贝尔文学奖获奖作家，本可以声名鹊起，在国内享受着大师待遇。然而，漫天的冰雪冰封不了苏醒的良知，索尔仁尼琴给朋友写了长长的信，抨击斯大林制度。从此，关押、流放伴随着他的后半生。

1974年，索尔仁尼琴在妻子的陪伴下流亡西方。51岁的索尔仁尼琴刀刻般的脸上，没有忧郁和悲伤，表露的只是悲悯和深邃。

互联网上，我看到了索尔仁尼琴离开祖国的照片，眼镜后面，索尔仁尼琴目光灼灼，有力的手，坚定地握住一只小小的笔记本，笔记本贴在胸前，显示出这位苏联最负有良知的作家罕见的意志和决心。

如果他让良知冬眠，厄运不会如影相随，然而这样会让一个有良知的作家灵魂无法安妥。不知道，那小小的笔记本里记录的是什么，他把它紧紧地贴在胸前。或许，一本笔记本里就写了“良知”两个字，这是他捍卫的目标，又是他的心灵强大支撑。

女摄影家蒂肯·肖伯利“二战”期间已功成名就。越战爆发，良知让她不安，她要用镜头提供给世界一个真实的战争。47岁的蒂肯到了西贡，和部队一起行进，亚热带酷热的天气、单调的食物和长时间疲惫行军，几乎让人崩溃。蒂肯忍受这一切，是想告诉这个世界一个真相，她把镜头当作士兵的枪口来瞄准，要击穿那些谎言和欺骗，击穿那些新闻舆论宣传既成定论的腔调。然而1965年10月4日清晨，一颗地雷结束了她的生命，她最后能说的一句话是：“我猜到有什么事要爆发了。”

看着躺在血泊中的肖伯利的照片，我抑制不住自己的热泪，因为我看见了她的珍珠耳环和帽檐上刚刚采集的野花。她对生命的爱，并不比谁逊色。然而，当她想到战争中成千上万灰飞烟灭的无辜生命，她又把自我内心的良知看得高于自己的生命。

没有一个人比塞姆克利丝更为绝望，这位患了艾滋病的南非妇女已求生无门。艾滋病是人类最大的疾病，在非洲它已夺去了成千上万人的生命。成千上万人处在病症的折磨中，成千上万的人正遭遇病魔的威胁，成千上万的人正在向病魔靠近，成千上万的人对艾滋病的接触和传播并不了解。而社会舆论尚停留在对艾滋病人不遗余力进行道德谴责的最初阶段。

然而，塞姆克利丝，这位普通的南非妇女站了出来，出人意料地公布了她自己患艾滋病的病情，她的良知告诉她，不再把艾滋病当成隐私，唯一的理由是，这样对公众有好处，这样可以教育和挽救她的同胞。

形销骨立的塞姆克利丝坐在沙发上，眼神流露出忧伤和渴望，身边坐着她健康顽皮的儿子。她让摄影师给她照了张相，一个月后，病魔夺去了她美丽的生命。疾病侵蚀了她的肉体，然而，她始终保有健康的心，她的心灵有一块圣洁之地，圣洁之地安放着“良知”两个字，连魔鬼也无法夺去。

……

漫长冬夜，寒风吹彻，读着这些名字和故事，独处冰冷的书房，我的内心感到了希望和温暖，犹如黑暗的夜空，看见了彗星划过的光亮。

良知站立在中间，向左向右，只要想背离良知，都能轻易找到理由。

因循习俗，依附制度，遵守习惯，阿谀大众，附和媒体，墨守成规，这一切都简而易行，既可以自保，又可以获取优待。然而，那不是一个人内心的声音在说话，往往是游离于事实真相的表象在说话，偏离了通往良知的道路。

甘于混迹大众，听凭众声喧哗，行进于寻找真知的漫漫征途，又如何能听到良知的声音引领大众？

我的心里，珍藏着这些名字。暗夜中这些闪亮的名字，让我们看到了光明的所在；他们像永恒的北斗，给我们永恒的昭示。

唯当心存慈爱和悲悯，唯当舍弃坦途偏向荆棘，唯当不惜勇毅不惧牺牲，险象环生而又需要真相时，像荆棘鸟一样将那锋利的刺，镇定地刺向内心。唯当如此，才能找到通往良知的唯一道路。

征服海洋，先拥有鲨鱼的颌

谈起史提芬·史匹堡的电影《大白鲨》，美国人至今心有余悸。大白鲨凭一张嘴称霸海洋，一龇牙就能咬碎猎物，令海洋众生望风披靡。在人们印象中，鲨鱼如此厉害，全赖它一口锋利的牙。

最近，美国研究人员的研究表明，鲨鱼的牙固然是其利器，而颌部巨大才是它咬定猎物的关键所在。换句话说，这个大腮帮子的家伙，厉害在哪？答案是，就厉害在它的大腮帮子上。华盛顿的研究人员通过研究得出结论，狮子和老虎的牙要比鲨鱼锋利数倍，而咬劲显然又比鲨鱼弱了数倍。

如此，鲨鱼称霸海洋的原因已呈于目下，鲨鱼咬住目标，这跟所有啮齿动物追逐猎物没什么区别。区别在于鲨鱼有巨大的颌部，颌部有强劲的肌肉，肌肉收缩产生强大的力，将目标牢牢地固定。

我在想，在商业时代的成功，同样有类于鲨鱼征服海洋。跟定目标，这并不难。困惑的是，在茫然无知中，自己的目标却成了别人的美餐。一个猎物，总有几个征服者试图去追逐，而成功者往往只有一个，成功在哪儿呢？

二十世纪六十年代，日本和美国的汽车商，都把目光锁定住北美的汽车市场。而当时日本的汽车产量小，在北美市场占有的份额不到百分之四，美国的汽车商根本没把日本汽车放在眼里。看起来，美国汽车商的“牙”，比日本的要锋利。然而，最终能咬住市场的并不是有着锋利的牙的美国汽车商。

日本汽车商，把功夫下在如何强壮和扩大自己的“颌”上，他们暗暗地做一些基础工作，在外围发力。首先做周密的市场调查，在此基础上，根据北美人的生活习惯，设计出不同层次、不同人群需要的各种款式汽车。

当这种强大的“颌”突然发力的时候，日本汽车商的“咬劲”，是美国汽车商的数倍，一时间日本汽车大举进军北美市场，美国汽车商的“牙”松开了目标，几乎被日本汽车商挤出了北美市场。此刻，懊悔已无济于事。因为目标虽咬住，怎奈没有强大的“颌部”发力支撑。

看来，明晃晃的利齿固然令人生畏，是否最终能咬住目标，还要看其有多大的“咬劲”，而“咬劲”的大小取决于“颌部”的大小和强劲的程度。

像鲨鱼一样去征服海洋，需要锋利的“齿”，更需要不断给利齿提供力量源泉的宽大强劲的“颌部”。因此，在攻击目标前，需要我们把自己的“颌部”锻造得更大更强。

与面具做一场游戏

1974年，法国巴黎最大的小说出版社加利马尔收到一部从巴西寄来的小说手稿。作者署名阿扎尔，这部名叫《大娇》的小说，讲述了小说主人公收养一条蛇的故事，“大娇”正是蛇的名字。

这是一部意义非凡的小说，一经出版，即引来如潮好评。人们不相信它会出自一位不知名的年轻人之手。而作者的来信偏偏说，自己是一位年轻作者，因惹上官司，被迫浪迹天涯，居无定所。

小说轰动了法国文学界，从成熟的风格出发，人们揣测，有可能出自作家阿拉贡或者格鲁之手。但也有人根据小说的情节，推测作者可能是江湖医生、监狱逃犯，甚至有人断言这人就是著名巴勒斯坦恐怖分子拉扎本人。

一波未平，咄咄怪事接踵而至。时隔一年，署名“阿扎尔”的作者发表了第二篇小说《余生》，书中描述一位阿拉伯小男孩如何千方百计照顾病重的犹太养母，故事极为感人。读者被深深打动，纷纷要求一睹这位神秘作家的风采。

然而，这位“阿扎尔”一直未曾露面，行踪无痕。也正因为如此，阿扎尔更显神秘，一时间，巴黎的大街小巷和各种媒体纷纷热议神秘的阿扎尔。

与此同时，法国著名的文学大奖“龚古尔文学奖”揭晓了，偏偏是这部小说摘取了桂冠。然而，出人意料的是，这位阿扎尔先生似乎显得毫不领情，他通过律师宣布拒绝了这项大奖，一时间轰动法国文坛。而此后作者也离开了巴西，身如飘萍，不知所往。

“阿扎尔”到底是谁？似乎成为摆在记者、星探、评论家面前必须攻克的堡垒。基于对《大娇》和《余生》两部小说风格的深入研究，一位叫罗曼·加利的作家浮出水面。这是位才华卓著、成就斐然的作家，他本人是个飞行员，从第一部小说《欧洲教育》开始，三十年笔耕不辍，出版了三十五部小说，部部引起轰动，1956年以《苍穹之根》获龚古尔文学奖。

至此，人们也还是猜测。随后发生的意外，证实了这种猜测所言不谬。

1980年12月2日，加利在日内瓦寓所里开枪自杀。他的遗稿《阿扎尔的生与死》中，加利坦言自己就是《大娇》和《余生》

的作者。在这篇文章的结尾，加利以胜利者的口吻写下最后一句话：

“我玩够了。再见吧！谢谢！”

在加利看来，“著名作家加利”只是一个面具，靠这个公认和热捧的面具出版任何平庸的小说，几乎不费吹灰之力。当很多作家借助面具发表作品时，加利却要呕心沥血地超越自己，让每一部作品本身发光。

加利有足够的自信。同时，他与面具的游戏，意在告诉人们：

把过去的声名归为零，人的一生，永远要重新开始。

一生要喝多少咖啡？

英国一名叫波利·弗农的女孩，酷爱喝咖啡，据说从2000年到2012年的12年间，她花了两万英镑的费用喝咖啡，折合人民币为20万元。读这则新闻，我开始替这位女孩操心：喝了20万元的咖啡，得花费多少时间啊？然而，现在都娱乐至上了，这又让我不知道自己的心操得对不对？

我长在什么都需要节省的年代，包括时间。还记得中学教室墙壁上有一条幅，上面是鲁迅木刻像，下面是他的名言：“哪里有天才，我是把喝咖啡的工夫都用在了工作上。”这句话激励着我把所有时间都用在了当年的高考上，并一考得中。至今它的影响还在——别说咖啡，我连粥都不喝，这样把上洗手间的时间也给省了，节省了双重时间。

近年来，读书渐多，读到鲁迅三十年代在老上海的生活，其实鲁迅很懂人生，非但喝咖啡，还爱笑，爱玩，爱闹，爱和全家人去看当时比较新式的电影，爱与郁达夫等一干文人下馆子。他住在上海虹口区山阴路一幢别墅里，休息与工作，被他处理得丝丝入扣。

以前教室墙壁上的那句话，我只能从另一件事中寻求解释：有位信徒曾经去问他信赖的牧师，他问，牧师，我在祷告时可不可以抽烟？牧师说不可以。但这位牧师很聪明，善变通，他话锋一转，接着说，但是，你可以抽烟时也在祷告啊。

参照牧师的逻辑，可不可以这样表述：鲁迅不是在工作时喝咖啡，而是喝咖啡时也想着工作。

强调个人幸福感的当下，似乎并不提倡把喝咖啡的时间都献给工作。故让我年四十而有惑。有人大半辈子都泡在茶与报纸、酒与牌局上，也没见他们失去什么，相反过得很滋润。我替自己感到累。有人把喝开水的时间都献给了事业，果然风生水起，可干着干着，人就没了，让周围壮怀激烈的人不免兔死狐悲。

普通人，没有“谈笑间樯橹灰飞烟灭”的能力，因此也就没有“喝着咖啡就能把工作干好”的优雅。于是，“咖啡”与“工作”成了类似“鱼”和“熊掌”的难题——我们的纠结正在于此。

向左或者向右的例子不少，但说不清谁是谁非。

画家杜尚在25岁时画了《下楼梯的裸女》，这张画使杜尚一举成名，并为杜尚赢得数不清的绘画订单。可是，杜尚对这些订单说："不，谢谢！我更喜欢咖啡。"订单会压得人很累的，他索性选择去喝咖啡。

体壮如公牛的巴尔扎克，短短一生写了九十多部中长篇。拿破仑用剑没有完成的事业，他要用笔去完成。几十万字的《高老头》三天内一气呵成，他惜时如金。为保证写作时清醒，他嗜浓咖啡如命，他曾说："我将死于3万杯咖啡。"果然，他殁于51岁，慢性咖啡中毒是死因之一。这是位真正喝咖啡时还想着工作的工作狂。

左思右想，人生确实是一门艺术。不过，3万杯咖啡实在太多，一生要喝多少杯咖啡，也没有现成的答案。"咖啡"与"工作"，倘若能调出恰当的比例，生活的滋味或许会妙不可言。

做一只进入唐宁街的猫

几年前，在英国发生过一件好玩的事。当时的首相卡梅伦发表声明，欢迎一位“新成员”进入首相府唐宁街10号，仪式搞得煞有介事。令人意想不到的是，这位“新成员”是一只猫，它的名字叫“拉里”。

拉里的到来，并非是协助卡梅伦处理政务，当然也不是来首相府养尊处优，它的职责是专门捕捉老鼠。卡梅伦总理国事，拉里为卡梅伦捕捉老鼠，正是职责所系，各司其职。

卡梅伦并非是什么动物保护主义者，他把这只叫拉里的流浪猫请进唐宁街。说到根子上，还是这只猫有高超的捉鼠本领。唐宁街10号深受鼠患困扰。电视台先前多次拍摄到老鼠在唐宁街出没的镜头。

作为一只流浪猫，拉里出类拔萃，虽居无定所，但身手不凡。

因此常常潜入首相官邸，猫入鼠群，神乎其技，其出色的表演，受到首相的青睐。谈到拉里，卡梅伦的喜爱之情溢于言表。

如今，拉里成了首相府正式的“首席捕鼠官”，端上了“铁饭碗”，吃起了“皇粮”。这只4岁的虎斑猫，来自伦敦“巴特西猫狗之家”。卡梅伦的发言人史蒂夫·菲尔德深信，拉里进入首相府绝非偶然，完全靠它高超的捕鼠本领和出色的表演，他说：“它曾是一只流浪猫，懂得如何在街头‘谋生’。”

想必，如今伦敦街头的流浪猫们，都羡慕它们的同伴拉里的运气，做猫的最大幸福，是为首相捉老鼠，在这一点上，估计人与猫的心理是相通的。

运气，往往也是需要像猫捉老鼠一样去捕捉。

我有位学计算机的表弟，大学毕业后，没有像其他同学到人才市场应聘。在一个城市的工业园区，他制作了一块牌子，牌子上写着：“专为总裁免费修电脑”。支着这块牌子，他在牌子后面闲坐了一个月的时间。一个月后，一位总裁电脑中的一份文件被误删了，手下的秘书和工作人员都无计可施，他想到了我表弟树在路边的那块牌子，反正是免费的。我表弟手到擒来，把一个星期前总裁那份误删的文件恢复了。

现在，他顺理成章地加入了这家公司，并且成为专门为那位总裁修电脑的人。

他的成功不仅在于他擅长“捉鼠”，而且擅长制造“捉鼠”的机会。

做一只进入唐宁街的猫，不但要有高超的捉鼠本领，而且还要善于像捉鼠一样捕捉稍纵即逝的好运。

塞林格的奇异出书癖

在美国作家中，写《麦田守望者》的塞林格是个怪人。生活中的怪，姑且不说。单是他出书之怪，就让人觉得饶有趣味。

某出版公司的一位高级编辑回忆他与塞林格签约的过程，他说在这个过程中随时能碰上趣事。比如塞林格要求在中文版封面上，不得使用任何照片、绘图；全书不得有作者简介；不得有序言、后记；更有趣的是，封面上的书名必须放在作者名字上面，而且字号得比作者名字大。

窃以为，这些要求正好反映了塞林格的个性。他所崇尚的是直接和简洁。他尊重自己的作品，他不希望读者只看到"塞林格"三个字，而是让读者能关注作品本身，显示一位严肃作家对自己作品的自信。跟我们的个别学术明星，先把自己在"百家讲坛"炒红，再出书热卖，正好相反。

1951年塞林格借第一本长篇小说《麦田守望者》出版，一夜成名。令人意外的是，从《麦田里的守望者》第三版开始，封面上的作者照片便被塞林格强行撤下。

怪异的人，总有自己怪异的幸福观和行为方式。

对此，世人的评价是，这是塞林格隐遁世外的需要。而我则以为，这是塞林格延续了他的一贯孤僻之风。他“怪”在不愿意自己作为作者被热捧，而是让读者只记住作品本身。阅读本是寂寞事，最俗不过把作者捧成角，读书这项私人活动被推波助澜成火热闹剧，结果，书没人看，作者被当作明星追捧。塞林格对此十分反感，他不愿“和任何人进行该死的愚蠢交谈”。

对自己作品出版，塞林格态度十分严谨，近乎苛刻。《麦田里的守望者》的成功，让塞林格衣食无忧，这本小说至今每年在美国销量仍有20万册以上。他没有趁机一本一本往下写，大赚美元。事实上，在他生前，除《九故事》外，他不同意将其他发表过的短篇小说结集出版。

多少年来，无数出版社都在打他注意，美元和荣誉不能动其心。斯皮尔伯格多次想要将《麦田守望者》拍成电影，但都遭到塞林格的拒绝。说到不近人情，就连他的女儿写了一本塞林格传记《梦的守望者：一本回忆录》，也被塞林格告上法庭。

塞林格一直不接受记者的采访，只在1974年打破沉默，那是有人将他未被收录的小说结集出版售卖，为此他致信《纽约时报》，义正词严地阐明自己的立场："不再出书使我得到了一种美妙的宁静。非常平和。真的，出版是对我的隐私的一种严重侵犯。我喜欢写作。不过，我只是为自己和自己的快乐而写作。"

超越写作本身之外的一切功利，让作品只保留自身的价值和作者的意愿，这是塞林格的守望。

对待出版自己作品这个问题，体现出他"理想的守望者"的精神特质，几乎没有人比他更为严肃认真，这既是对读者负责，也是对自己负责。他确实是一位"梦的守望者"，在他身上凸显出的气节和坚守，令人深深景仰。

把石头背上山

城中有个三台山公园，树木青葱，满山苍翠，兼有莺啼鹂啭，是个晨练的好去处。我和老张就是在此处认识的。

看他第一眼时，他正背着一块石头拾级而上，我感到惊奇，五六十岁的年龄，锻炼的强度还这么大，受得了么？忍不住，我问他，爬山已经让人气喘吁吁了，您还背个石头？

他诡秘一笑，想知道为什么啊，等有一天我把石头背上山顶才告诉你。

我为了解开悬念，每天早晨欣赏老张背石头。看着老张浑身流汗，一步步吃力向上爬，心就想："这是何苦啊？"

老张的样子和从前小说描写工人的形象很相符，脸是古铜色的，四肢粗壮，胸肌发达，虽然上了年纪，两鬓斑白，可是肌肉仍然粗壮饱满。一问，果然是工人。他说他是农药厂下岗的，目前开个三轮电瓶车给人运货，但不是天天有活干。他说，儿子在外地工作，他得把自己和老伴照顾好了，才是对儿子最大的支持。

把一块五六十斤的石头背上山顶，不是一蹴而就的事。一般情况是，老张把石头背上山腰，就已经累得不行。我赶上的时候，把他的石头接下来，放在山道的一边。等我们上了山顶，在山顶的凉亭坐一会儿，下山时，他再把石头背下去，第二天清晨接着往上背。

每天的山岚雾霭中，太阳一点点地爬起来，我拾级而上，跟在老张后面，为他加油鼓劲……我很想推他一把，或者帮他抬一下，可是老张说，那么搞就没有意义了。

老张很倔强，石头更顽固，越是往上爬，它越是以更大的压力压迫老张。

日子像流水一样不紧不慢地流走，老张的进步也是明显的。石头摆放的位置，节节攀升，直逼山顶。老张喘气也渐渐平缓。我鼓励他，胜利在望！老张说，现在多流点儿汗，以后麻烦就少了。

事情并不按预料发展。接下来的一个月时间，老张突然就不来了。看着摆在山脚下的石头，我想，老张是不是放弃了？胜利在望，为什么放弃呢？有时候，我花一个早晨等老张，仍然不见他的影子。

几天前的一个早晨，老张兀然坐在山顶上凉亭下的条凳上，冲着我笑。他的脚边是那块石头。一个月不见，老张瘦了不少，他说妻子住了一个月的院，他服侍了一个月，还上了趟九华山求菩萨，妻子才出院。此刻，老张是快乐的。整个三台山的早晨，都被老张的笑声感染。

老张用脚磕磕脚边的石头，呵呵地笑着，不晓得怎么搞的，好像菩萨在助我，我今天早晨一背就把它背上来了。

关于背石头上山顶的秘密，和老张的妻子有关。妻子瘫痪在床二十多年，一直是老张背上背下，背进背出，原来住在平房里倒也无妨，可是两年前平房拆迁了，他租了一个一楼暂住。还迁房安置在三楼，眼看还迁房快交钥匙了，这给他出了个难题，自己年龄大了，还得把老伴背上背下，因为他一直有个习惯——用轮椅把老伴推着在阳光下走走，这对她的身体有好处。

于是，半年前，他拿块石头来练，背石头上山顶，在他的预想中，这是背着老伴上下楼的模拟和提前练兵。他给自己设定了一个目标，一定要把石头背上山顶，这样背起老伴上下三楼就没有问题。

这个清晨如此美好，晨风，绿树，旭日，朝雾……这一切都围拢和包裹着晨练的人们。

眺望远处烟波浩渺的长江，我们谈着世间的真与善。老张憧憬着搬了新家后，还能像以前一样，把妻子背上背下，推着妻子的轮椅，在阳光下散散步。

风在山顶上吹来吹去，只有石头在幸福中静默。

蝉与信仰

秋风渐起，蝉的鸣叫也随之远逝。

蝉，我自幼喜爱。偶尔翻阅《中国玉器鉴赏》，其中的玉蝉惟妙惟肖。玉，在中国人眼里，是天地精华，沟通天地与神灵。玉雕琢成的蝉，通灵剔透，温润光泽，十分可爱。

上古的葬礼，王侯将相多将生前的珍爱含于口中。含玉，多是含玉蝉，在古礼中称“晗”，或曰“押舌”。河南安阳大司空村殷墓中出土四枚玉蝉，有两枚就含在逝者的口中。

阅读关于蝉的典籍，我渐渐发现，蝉是中国人信仰的徽章。比如，将蝉含于逝者的口中，就是古人基于一种永生的信仰——希望人能像蝉一样，蜕皮而重生。美国古玉器研究专家洛弗尔氏在其所著《巴尔在中国收集之古玉》一书中，对这种现象解释说：“脱离死去之尸体，又开始其新生命，于是蝉遂为代表复活之符号矣。”

英国人类学家弗雷泽写过一本书叫《不死信仰》。他饶有趣味地提到了中国的蝉。他说，在中国的殷商和上古时期，人们像崇拜蛇一样崇拜蝉，所以青铜器上多有蝉的纹刻。日本人滨田耕作在《古玉概说》中说得更直白，他说，汉人从蝉的蜕壳复能成虫的现象，悟出转生——再生的道理。

此外，在中国文人的眼中，蝉往往是某种精神象征。南北朝的刘珊，借蝉表达进取精神，“得饮玄天露，何辞高柳寒”，能够饮到玄天露，何妨居于高寒之柳，得到总有付出，付出总有回报嘛。唐朝的戴叔伦则把它当作高洁的信仰，“饮露身何洁，吟风韵更长”，他的笔下，蝉超脱世俗，风韵悠长。

为蝉作为信仰而会心一赋的，要数虞世南的《蝉》，“居高声自远，非是藉秋风”。他想说的是，人如同蝉一样，居高才能致远，而并非借助外力。我猜测诗人应该是个才华出众的人吧，他对自身的能力非常自信，他信仰的是个人实力。

居高饮露，让古人浮想联翩。单纯的文人，天真地希冀像蝉一样，过一种远离人间烟火的生活。他们在写蝉时，都在写蝉的品格和力量。于是，蝉成了各自不同的信仰，象征居高自远，餐风饮露，超凡脱俗。阅读古诗词，能发现对于蝉的咏叹歌吟贯彻于那些泛黄的纸页，俯拾皆是。

《天工开物》有一段民间采玉的记载，写得清新通灵。明月之夜，处子姣好，肌肤光洁，裸身入水，探寻美玉。何等高洁的意境，让人深深沉醉。用这样的美玉雕琢成的蝉，怎能不将有关青春和纯洁的信仰，传递到人的内心?

第二辑／

△

心智：有没有公奶牛

月亮不自由

最近，一名越南人在美国用90万美元买下了怀俄明州布佛德镇。4万多平方米土地，被称为“美国最小镇”，多年来居民仅一人，此人叫唐·桑蒙斯，既是居民又是“镇长”。作为即将离任的“镇长”，他打算寻找安静一隅去写一部传纪。小镇虽说功能很齐全，有加油站、便利店、办公楼、住宅各一座。可毕竟花了近百万美元，舆情在讨论值不值的同时，最想问的是为什么？为什么斥巨资买下“最小镇”？

这位越南人拒绝透露姓名，只知道他原来住在纽约的曼哈顿。多年来他一直做一个奇怪的梦，梦见自己像一只巨大的蛋壳被卡在两栋高楼之间。他由此内心产生易碎感和焦虑感。

人的焦虑，往往会外化为对事物的感受。十年前的某段时间，我想去人们趋之若鹜的大城市，在这座现代都市，我应聘成功。是夜，走在城市新区，这里有丛林般的高楼，星空被建筑物切割得支离破碎。我一抬头，忽然眼前的景象让我感到某种不适。

一轮巨大的月亮，被卡在两栋高楼之间，不能动弹。我替月亮感到了不自由，自己也随之心生逃离的想法——还是回到自己住惯的小城安逸。回来一比较，果然是小城安逸。

几年前的某个夏天，去郊外草地观察虫子，我又发现虫子们大致都向城市相反的方向撤离……我根据虫子奔跑的方向，去水草丰美的湖边买了一幢房子居住。果然，有了惊喜的收获，听到了久违的蛙鸣和虫叫，闻到了花草的芬芳和泥土的气息，看见了天鹅绒般蔚蓝的天空。尤其是每个夜晚都让我感到小清新——星空辽阔深邃，月亮来去自由。

对栖息地的选择，有人从自由的角度考量，有人则从当前有毒食品和大气污染的巨大阴影之下，逃脱出来。2006年开始，美国的摄影家卢卡斯就曾在美国东部的田纳西州拍摄和采访过一群回归自然的人们。这群人因为对城市环境的不信任，而重新选择在荒野中建造居所，在附近的小溪中采集水源、狩猎、种植自己的食物。

令人惊奇的是，这群人仍然使用手机、笔记本电脑和无线网络，没有彻底隔离自己与主流社会的联系。他们并不想完全拒绝现代世界，而是选择了一种局部远离的生活形态。这是无奈，还是趋利避害呢？我想，任何契约的达成，无不包含妥协。

现代生活没有孤岛，没有人是孤岛，也没有人能够退守孤岛，乡村与城市、独处与群居、宁静与喧嚣，都存在着千丝万缕的联系。笛福的小说《鲁滨逊漂流记》，无疑有着一厢情愿的文学色彩，小说中，鲁滨逊被命运抛到了一个孤岛，虽然心无旁骛，毕竟也是直到第四个年头，才吃上了自己种植的大麦——孤独地生存，并不轻松。然而，被海风摇曳的棕榈树，无人的海岸线，玫瑰色的天边，又无时不在启示人们生活的另一种美好可能。

现实中，月亮不自由，世界也永远处于未建成状态。然而，对于生活的向心力，我们可以达成一定程度的妥协，但绝不一味顺从。

有没有公奶牛

电视画面上，一场选美大赛的现场，主持人问某位佳丽：“奶牛分公母吗？”该佳丽迟疑片刻，答曰：“可能吧！”

台下嘘声一片，这并不是个高深的问题。换一种问法，世界上有公奶牛吗？这样是否简明一些，即便如此，我想，拿这个问题问所有的人，也未必都能答对。基本常识，人人都应具备，而现实的情况是，人人未必具备。

初春的某一天，我坐在公交车上，旁边的一位年轻的母亲一边摸着她孩子的肚皮，一边教他：“春天来了，小西瓜慢慢长大了，正像宝宝的小肚皮，越长越大……”我忍不住，突然大笑起来。抱歉，我没有考虑这样的笑声会让一位年轻母亲尴尬。这位母亲的修辞是不错的，可是春天再美好，也不能说西瓜在这个季节慢慢长大了。

一个常识错误，就这样保留在一个孩子的记忆中。我担心这个孩子会不会牢牢地记住了这个谬误，在成长的岁月中又未能修正，长大了会不会为这个问题与人争得面红耳赤。一个春天的午后，一位母亲将错误的种子种在了孩子常识的心地，未必能造成多大的恶果，但让一旁的我于心不忍，不去纠正心有不甘。

与一位大师闲聊。我问他，对他一生影响最大的书是什么？他说是童年的《十万个为什么？》。我也曾在童年拥有过这本书，这本书教给我们常识，教我们理解这个世界。并且让人明白，理解这个世界，必须从常识开始。于是，知道了春天里为什么万物苏醒，冬天为什么瑞雪飘飘，眼皮跳是因为毛细血管与神经末梢的粘连而非预示灾难……

不具备常识，会真诚地犯下错误；罔顾常识，会违心地犯下错误。一个人，未必要学富五车，具备精深的专业知识，守着基本的常识，也能很好地过一辈子。

我爷爷奶奶，住在乡下，目不识丁。可是，他们稔熟不误四时的种田常识与待人以诚的做人常识，简简单单，却赢得了年年的五谷丰登和四邻的良好口碑。他们用这点常识教育儿孙，让儿孙得以贤良与勤勉立身。

一个社会也是如此，主流价值观未必要多么尽善尽美，只需要守着“尊重人的价值”这一基本常识，民众是不愁幸福感的。

理性之爱

英国《每日邮报》披露，俄罗斯摄影师谢尔盖与摄影师福布斯，分别花了一年的时间，跟踪拍摄一只棕熊和一只北极熊。这是两头成年母熊，她们的身后跟着一窝小熊仔。镜头下，这两头母熊像人类一样，用自己的方式表达着对自己孩子的爱。

先是一组由福布斯拍摄的有关北极熊的画面。白雪皑皑的北极冰川，北极熊一家在迷蒙的冰雪中奔跑。这里有遍地慵懒而肥胖的海豹和海象，食物的获取相对容易。北极熊狩来猎物，她坐在一边，幸福而满足地看着熊宝宝狼吞虎咽地享用美食。接近尾声了，熊妈妈加入了进来，在冰天雪地寒冷的北极，北极熊家庭温暖地围拢在一起。欣赏这组图画的人们，由北极熊妈妈很自然想起了自己的妈妈。

谢尔盖带来的棕熊的图片却给人异样的感受。海浪中的棕熊，把自己的两只小熊仔推开，她独自一人饕餮仅存的猎物，两只小熊仔眼巴巴地看着母亲享用独食……

所有记录片与科教片，几乎都在以大量的篇幅诠释动物的母爱几近人类的母爱——先孩子后自己，忘我而无私。这些图片，让人觉得惊诧，连摄影师谢尔盖也觉得匪夷所思：难道畜生就是畜生？

后来的跟拍中，无数个点滴瞬间，令谢尔盖十分震惊，谢尔盖才逐渐发现，棕熊母亲同样深爱着自己的孩子，或许棕熊妈妈的爱更为理性。她之所以独享仅存的食物，是因为在未知的恶劣生存环境中，不知何时能捕猎到食物？棕熊需要从最后的一点食物中获取能量和体力。

因为如果母亲因挨饿而没有力气，是捕不到猎物的，那样，幼崽只会跟着挨饿，严峻的生存危机随之笼罩这个家庭。那时的棕熊母亲可能弹尽粮绝无能为力，母子仨真的到了山穷水尽的边缘了。

我看到图片上棕熊母亲拿起最后一点食物时，是背过身去的。看着小棕熊眼中那湿漉漉的渴望，难道她心中也有那么深切的不忍？我双眼潮湿——为生存的艰辛和母亲们心中的隐痛。

爱，是很感性的。然而，在许多特定情况下，它更需要理性。对爱人、对孩子、对亲人、对同胞，乃至对民族对国家，爱，几乎不需要理由。然而即便如此，爱仍然需要方式，需要理性。

可贵的不变

电视画面上，新一代车王维特尔的笑容，捕获了全球7亿观众的心，这位新一代F1之王，有着无与伦比的“三最”—— 最年轻的参赛车手、最年轻的积分车手、最年轻的大满贯车手。然而，他的目光清澈、微笑真诚、言谈随和。面对如花美眷，喷涌香槟，这位大男孩表现得羞涩，他说：“我只是一个普通人，从没想过要表演某个角色，我身份地位变了，可永远不变的是真诚。”

我很欣赏这个男孩，一位坐拥1000万年薪的天才车手，一如既往地脚踏实地，私人游艇、豪华宅邸，这些炫富的东西和他从来没有交集。不离左右的，仍是他腼腆、执拗和幽默、热情的性格。

从校园到校园，我的身份一直没有变化，这让我成了一位冷静的观察者，身边那些熟悉的人。当他们朝九晚五地作为小职员上下班是，面容是那么亲切可人。可一但生活有点起色，在单位有了顶帽子或者在市区有几套房子，犹如平地风雷，整个人变得自矜自恋，仿佛满世界都在倾听他的声音。

人是永远处在变动中的。正是因为都在变，才让人觉得不变的可贵。有一种不变，感人至深。

我想起一部电影——《本杰明·巴顿奇事》，曾获81届奥斯卡多项提名，故事很荒诞。

影片的主人公本杰明·巴顿，1918年出生，出生时85岁，他的时光是倒流的，1941年，62岁的本杰明遇上了爱跳舞的黛西，当时她只有17岁，他爱上了她。生活中的变故，让他们每每擦肩而过。巴顿的年龄在缩小，黛西的年龄在增长。

2003年，黛西在养老院见到了患上痴呆症的巴顿，巴顿变得像一个婴儿。78岁的黛西抱着婴儿般的本杰明，小小的本杰明看着黛西，仿佛回光返照般想起了往事，然后在黛西的怀里闭上了眼睛。他最终死在心爱的女人怀里。

2008年，黛西弥留之际竭尽全力告诉女儿这个故事，然后安静地离去。她离开的时候，窗外的暴风雨里飞着一只蜂鸟，仿佛是本杰明的灵魂来迎接黛西。本杰明说过，他们终究会走到一起。

时间和年龄在变，爱与承诺不变，人生的变与不变，被影片诠释。那些美好，那些珍贵，像沉淀在海边美丽的贝，任海浪拍打，穿越千年，美丽依旧。

人这一生，变化的财富与名声，不变的是爱与欲。人生中的不可逆转的变化，使那些不变的东西更显宝贵。

曾经有一次参观金缕玉衣的经历。我感到震撼，讲解员介绍，这些金缕玉衣经历了从西汉到现在，经历了两千多年，地质在变化，气候在变化，时间在变化，海已枯石已烂，沧海变桑田。然而，金缕玉衣光亮如新，不变的，是金与玉的品质。

不变的，是可贵的；可贵的，才不变么？

请你来游下水道

并非水下迷宫，而是城市下水道，可是，这却成为城市旅游的新亮点。

四年前，当约瑟夫·戈特沙尔还是维也纳下水道公司的公关经理时，他曾苦苦寻找着策划下水道旅游的灵感。

维也纳是世界著名的歌剧之乡，维也纳国家歌剧院闻名遐迩，贝多芬、韦伯、莫扎特等大师的名字熠熠生辉为其增光添彩。

而戈特沙尔则认为，下水道只要找到卖点和亮点，策划独到，同样能像歌剧一样让全世界心驰神往。歌剧无疑是高雅的，而下水道在人们的印象中无疑是与高雅对立的，站在高雅的对立面，在欣赏高雅之余，人们也许会把兴趣少许转移到它的对立面。当然，难度很大，大在“一切都在地下，你的产品……难以说出口”。

然而，想起一点，就让戈特沙尔颇感兴奋。1949年，一部著名的经典电影《第三个人》的高潮片段，一场惊险刺激的追逐戏，拍片的地点就在维也纳的下水道。长期以来，这部在战后维也纳的瓦砾堆中拍摄的，涉及谋杀、走私和欺诈的黑色惊悚片，一直在吸引着粉丝们到下水道来一探究竟。

戈特沙尔正好利用这一点，推出了别出心裁的“第三个人之旅”活动。这一活动一经推出，即大获成功。如今，每年游客流量超过10万。

满足和故步自封，意味着死亡。戈特沙尔不断深化引人入胜的细节，一步一步把下水道旅游做到极致。如今，下水道旅游，并不仅仅是让游客们，沿着幽暗阴森的下水道行走。他的项目包括，污水处理、安全设备和意外发现。

让游客饶有趣味的是，下水道中常常有让人意外的发现，包括刀剑、失窃的手袋和假牙。其中，还有一条身长32英寸的鳄鱼，这只鳄鱼不知从何而来，却游进下水道，被下水道工人抓住。有跟浪漫追逐时尚的年轻情侣，还在这举行婚礼。当然，事后女孩会说：“哦，这里很刺激，不过确实有难以掩鼻的气味。”

但是，下水道中潜藏的危险和恶臭，并没有吓退对教堂和纪念馆这些地方感到厌倦的游客。

2007年以来，戈特沙尔很注重下水道旅游文化建设和娱乐功能开发。他推动维也纳女作家蒂默曼恩写出长达420页的巨著《第三个人的维也纳》，建立第三个人博物馆，以这部电影为游览主题，馆藏有关这部电影的各式各样的工艺制品和纪念物，借以扩大下水道旅游的影响。

如今，巨大的水上投影在被过滤的水面上播放，在附近的排水洞里，人们鱼贯而入，观赏《第三个人》的电影片段。过后，穿过一条宽广的拱顶隧道，竟来到波光粼粼的维也纳河边……

虽然这里难寻歌剧的高雅和浪漫，但更多的人喜欢这里有惊无险的寻幽探秘。何况，独特下水道旅游的创意，本身就够新鲜刺激。

寻找黄金，不如找到天使

委内瑞拉、巴西和圭亚那三国交界处，有一座罗赖马山，到过此山的人，都为它的美景倾倒。奇峰异石，云遮雾障，无不渲染灵异仙境，

二十世纪三十年代，在此山的莽莽丛林中，两个人风尘仆仆来此探险。一位是美国著名飞行员安赫尔，他的飞行技术精湛得超乎寻常，据说，他能乘飞机的降落伞降下，脚尖在一枚硬币上着陆，即传说中的“一角硬币上着陆”。另一位是一名探险家，他没有安赫尔的飞行技术，但他心中有目标，梦中有黄金，他绘声绘色地向安赫尔兜售他梦中的“金河”。

在人迹罕至的原始森林，一条河日夜潺潺流淌，泛起的泥沙，在阳光下闪烁着耀眼的光芒，它就是流淌的金河，一条谱写财富和传奇的河，沉淀在河底的金沙裹挟着人的想象，闪光并流动，如此诱人且唾手可得。

黄金梦，让两个人很快找到共同的目标，且很快达成协议。探险家付给安赫尔五千美金，安赫尔用飞机载着冒险家在丛林的上空寻找金河。

金河在安赫尔的直升飞机抵达以前，只是一个传说。但当安赫尔的飞机低空盘旋，一道刺目的光芒让他晕眩。他很精准地降下直升飞机，真的找到了那天梦寐以求的河流。探险家如愿以偿地带回了75磅，约合34公斤的黄金。

好运似乎刚刚开始，意外却接踵而至。探险家带回黄金后，没来得及享受黄金带来的尊荣和富贵，就染病而死。安赫尔也同时在一夜之间挥霍尽了五千美金。

而且此后，安赫尔仿佛走火入魔。无论干什么，梦中总有挥之不去的金河。那耀眼的光芒深深刺激着人性中的贪婪，安赫尔变得寝食不安。于是，他无数次架着直升飞机，去那片森林上空盘旋。奇怪的是，他再也无法踏进那条魂牵梦萦的金河……

1937年，就在他感到绝望时，他发现了比黄金更美好的事物——天使瀑布。丘伦河水从平顶高原奥扬特普伊山的陡壁直泻而下，犹如巨龙腾空，落差竟近千米，且分成两级，先泻下807米，落在岩架上，再跌落172米，断裂地跌落，使得瀑布更为宏伟壮观。这一奇观，仿佛是天使送给人间的礼物。

从此，游人如织，在游人的眼里，一条近千米的瀑布，如银链如飞虹，横空而出，临顶直泻，飞珠溅玉，池中腾起的水雾如烟如云，轻笼玉带，在阳光照射下变幻七彩霞光，巨大的轰鸣声犹如晨钟暮鼓，震颤人的心灵。无数的人，来这里接受大自然美景的洗礼，洗出内心的浮躁和贪欲，

天使瀑布，仿佛一直美妙的安魂曲，让安赫尔的灵魂安妥下来。他深深地陶醉， 黄金只属于自己，而美丽的瀑布属于那些千千万万寻找美和渴望美的眼睛。而且绝美的风景世所罕见，它的落差竟是尼亚加拉大瀑布的18倍。

站在瀑布下，安赫尔立下遗愿，死后要将自己的骨灰撒在天使瀑布。他仿佛已明白了人生真谛：寻找，只有不断地寻找，才能峰回路转，曲径通幽，收获惊喜。如同寻找黄金，虽没有再次踏进那条金河，却找到了胜过金河千万倍的天使瀑布。

勇于打败自己

二十世纪七十年代，美国易捕公司开始生产扑鼠器。为了增强捕鼠器的捕鼠能力，该公司投入大量人力物力，研究老鼠的生活习性，研制出了深受客户欢迎的捕鼠器，其捕鼠的效果达到百分之百，产品销量日益增长。

公司并不满足已有的成绩，他们精益求精，对这款性能优良的捕鼠器又进行多次改良，以求臻于完美。的确，经过再次技术攻关和改良，新的捕鼠器与老捕鼠器相比，有诸多无可比拟的优点。一时间，深受客户的青睐。

可是，好景不长，在经过一段时间热销之后，捕鼠器的销量突然下滑，以致最后仓库堆积了大量产品。

是不是产品的某个方面存在缺陷，不能满足客户的需求？易捕公司为此进行了市场调查，调查的结果令人大吃一惊，产品的质量丝毫不存在问题。问题出在哪儿呢？

该捕鼠器不仅性能较好，而且外形美观，且能循环使用，自然价格不菲。问题就出在这里，捕鼠器由男士购买，而捕获的死鼠则由家庭主妇处理，主妇胆小且对处理死鼠感到恶心，而捕鼠器不是一次性产品，又不能把它同时和死鼠一起扔掉，因此主妇们对这种捕鼠器很反感。

另外，由于捕鼠器质量良好，一次购买可使用十数年或数十年，如此也影响了销售。

了解到此类情况，公司上下决定研发一次性捕鼠器。

公司准备再次投入大量人力物力准备新产品开发，将目标放在“一次性”上。

与此同时，一位公司职员深入市场进行调查，他发现消费者并非期待更好的捕鼠器，他们期待的是更好的灭鼠方式。显然，用化学药品来代替捕鼠器可能是比捕鼠器捕鼠更好的方法。想研发生产出最好的捕鼠器，显然是思维进入了死胡同。

于是，他给总裁写了封信，恳求停止研发一次性捕鼠器或者其他性能更优的捕鼠器，因为捕鼠器这种产品未来没有任何市场潜力。与其被市场彻底打败，不如自己及时地打败自己，主动挽回可以避免的损失。

公司总裁冥思苦想了几天之后，采纳了他的建议，停止研发生产任何捕鼠器，承认公司在这个领域失败退出。在一次总裁例会上，总裁宣读了这封来信，并且特别强调了这封信的最后一句话：“勇于打败自己，自己就不会被别人打败。”

内心骄傲的人

乔布斯执掌苹果公司25年，毁誉不一，天才、圣徒、纯粹、狂热、恶魔、傲慢、孤僻、暴躁，即便有更多的词汇，也难穷尽他的性格。我看乔布斯，认定他是个内心骄傲的人。

1955年出生的乔布斯是个私生子、乞儿，然而，他17岁即毕业于名校斯坦福大学，1975年赤手空拳创办苹果公司，1985年身价159亿美元，登上《时代》杂志封面，到如今他能让全世界都在为一个电子产品——iPhone而排队，乔布斯想做到的都能做到。这一切，源于他内心强大的声音——“活着就是为了改变世界”。这是他的一句名言，同样是这句发自内心的骄傲，让乔布斯成为一个传奇。

说到乔布斯内心的骄傲，不得不说说他在世人看来种种乖张的表现。他不为名利工作，在公司只拿一美元年薪，将150万美元股票低价出售，只留一股。打败竞争对手或者挣钱，他的内心对此不屑一顾。他声称："我们的目标是做尽尽可能不平凡的事情或者更伟大的事情。"

因此，他罔顾世俗，独对内心，特立独行。内心骄傲的人，遇困厄挫折而能秉持坚守，遇得意懈怠而能自戒警醒。乔布斯就是这样的人，他曾不得不离开自己一手创办的苹果公司十年，也曾被世俗的潮流遗弃，到后来无限风光，命运大起大落，而他因为内心的介质，而初衷不改。

我喜欢谦逊的人，也喜欢内心骄傲的人，看似矛盾其实并行不悖。一个人，无论贵比王侯或者贱如乞丐，内心都得有一种自我认同和认知。

因为上司的眼神而丧魂失魄，因为世俗的冲击而四肢瘫软，因为暂时的挫折而意冷心灰，因为迎奉溜须的需要而降尊屈膝，这些人的内心是没有骄傲的，因而没有力量去抵御外界的风暴和击打。内心没有骄傲的人，仿佛无脊椎动物，没有灵魂，也没有魅力。

内心骄傲的人，往往意志坚定，很少受外界影响；内心骄傲的人，心中有一块纯洁之地不容玷污。

沈从文是个内心骄傲的人，梁漱溟是个内心骄傲的人。

沈从文在"文革"时被安排扫厕所。到了晚年，一位年轻的女记者采访他，谈到这件事，这位白发苍苍的老作家，突然抱着女记者毫无先兆地号啕大哭。女记者尴尬且不知所措，只好拍着他的背，像安慰孩子一样安慰他。其时，夫人张兆和也在场。

这是个内心何等骄傲的人，“扫厕所”这三个字玷污了他心头的那块不容污染的纯洁，所以才委屈得像孩子一样大哭起来。这种人，你是没法征服，也没法亵渎的。他永远高贵、纯洁。

内心骄傲的人，可以低眉敛目，可以面容谦逊，但是他的心灵在高处，视线在远方。内心有骄傲的人，即便他地位卑贱如奴，但你永远不要歧视他，因为他是精神的王者。

听从内心智慧的声音

今年年初，在英国，一位出身贫寒的灰姑娘，被英国女王授予大英帝国荣誉勋章。昔日的农家女，如今成了当今时装界的女大亨，英国著名内衣品牌Ultimo的创办人。并受英国首相邀请，在英国内阁发表演讲。一时间，种种猜测纷至沓来。米歇尔·莫纳凭借什么，创出了英国知名内衣品牌，成为年仅39岁的女富豪。

米歇尔·莫纳出生在英国格拉斯哥东部的贫困区。在莫纳的童年，家境的贫寒和一连串的厄运，像狂风恶暴，几乎要将小莫纳摧毁。先是家贫如洗，童年时哥哥就离开人世，相依为命的父亲又不幸罹患上癌症……接着，15岁辍学，命运的魔掌，似乎从未松开紧扼她的喉咙。

也就是从15岁时，莫纳开始了自己独立的青春。她做了模特，以自己与生俱来的好身材赚钱，命运似乎有了转机。然而，17岁这一年，她认识了一名男友，不久即未婚先孕。过早到来的孩子和小家庭成为她人生的拖累。没有文凭，没有工作，生活穷困，这些几乎要将莫纳压垮。

为了敲开职场的大门，莫纳开始用“智慧”来谋划人生，她造了张假文凭，凭着这张假文凭，她在家附近的啤酒厂找到了工作。很快，凭着智慧和努力，莫纳升任了苏格兰区的市场部经理。成名后的莫纳，对造假的“智慧”并不认同，相反，她在电视节目中告诫年轻人还是要诚实。

小有成绩，但莫纳并未满足，她想开一家自己的公司。但启动资金从哪里来？如果啤酒厂解聘员工，需要向员工支付一笔解聘款。很快，莫纳成功下岗，并获得了一笔用来投资的解聘款。

成功的投资人，聪明之处在于从自己最熟悉的领域做起，莫纳身为女人，又当过模特，她把目光瞄准了内衣。当那些爱美的女人拼命往乳房里填硅胶时，莫纳把硅胶填进了内衣。她独树一帜地提出爱与美的理念：不要轻易拿乳房开刀！

随后，她展开大规模营销攻势。可是，营销和做广告需要一大笔钱，创业初期的她无力支付所费之资。旋即，她竟然想到了英国著名电视塔的公益节目。然而，她做到了。她的硅胶内衣，既包含对女性的关爱，又不影响审美。以关爱女性健康为主题，在英国BBC电视塔拍摄的《高层的困扰》纪录片中，莫纳亮出自己的旗帜，既营销了商品，又营销了自己——这就莫纳事业的起点，也是她的过人之处。

随之，她的业务得到很大拓展，业务覆盖全球。相应地，莫纳也将自己的通天之手伸向全世界时尚领域，她精心策划且坚持不懈，提前准备且不放过每一个重大机遇。首先她把把目光瞄准好莱坞。她将好莱坞顶级设计师一网打尽并罗列出长长的名单，竭尽所能地公关。终于，那一刻终于来了——著名影星朱莉娅·罗伯茨在奥斯卡影片《永不妥协》中，穿了一款迷人的上托内衣，这内衣正是莫纳的杰作。

从此，莫纳和她的品牌，伴随大片的热播而享誉全球。仅在中国大陆她就以合资企业的身份，拥有4家工厂并雇佣了超过1200名员工。在看似简单的内衣世界里，米歇尔·莫纳已经打造了一个令人瞩目的王国。

熟悉莫纳的人，都知道她是营销和推销高手。此外，她热衷跨越行业，涉足电视和传媒。以便让莫纳这个名字具有更广泛更持久的影响力。她担任英国独立电视塔《北纬71°》特约嘉宾，与9位名人一到去北极挑战寒冷和困难极限；她热爱足球，是忠实的球迷；她美貌、热情、健谈、智慧，多才多艺。而职场上，她则像个冷面杀手，职场上处事泰然、冷静又果断。她要做的是智慧的女人。

今年年初，她受英国首相邀请，在英国内阁发表演讲——这是一位企业家的殊荣。莫纳说道："人生是多面的。我的成功是听从了内心智慧的声音，对于女性而言，关爱和智慧，就像人生的经度和纬度，我永远处在它们的交点上。"

你看到明天了吗?

吉拉德是美国著名的汽车推销员，在他的推销生涯中卖出了一万三千多辆汽车，至今无人能及。他创下吉尼斯世界纪录，被称为“世界上最伟大的推销员”。功成名就后，他开始周游世界，并于2012年来中国巡回演讲。他卖出第一辆汽车，竟然与一口锅有关。

吉拉德1928年出生在美国底特律一个贫困家庭，35岁时身无分文，他决定推销汽车。汽车经销店老板给他一个月试用期，29天过去，他没有销售出一辆汽车，眼看就要被老板扫地出门。最后一天，他待在汽车里，一直到深夜十二点，寒冷的天气冻得他瑟瑟发抖。

此时，有人敲打车门。一位衣衫褴褛的穷汉，身背一口大铁锅叫卖，他与吉拉德有同样的境遇，眼下他想卖掉第一口锅来换取饭食。深夜，他看见这辆车里还亮着灯光，于是敲响了车门。

吉拉德觉得机会来了，而且就在这个人的身上。卖锅人一脸茫然和无助地上了他的车，吉拉德热情地与他攀谈起来。吉拉德问他，别看你今天如此落魄，可是你看到明天了吗？卖锅人摇摇头，我今天还不知道能不能活下去呢，哪还有明天？吉拉德说，我今天买下你这口锅，你就拥有了明天。

吉拉德问他，你卖完了今天这口锅，明天接着干什么？卖锅人兴奋起来，我接着回家背十口锅出来卖。十口锅卖完了呢？我接着回家背二十口锅出来卖，三十、四十……一直说到卖锅人无法背动这些锅。

直至最后卖锅人说，我得考虑买部车装锅卖了，可是我没有钱啊。卖锅人在为眼下的钱而困惑。而吉拉德觉得他已经成功地引导卖锅人看到了明天的前景，一切已经水到渠成了。

天亮的时候，吉拉德获得了第一张订单，卖锅人订了一辆车，提车的期限是五个月，而定金正好是这口锅的钱。这第一张订单，成为吉拉德事业的起点，他也因此被老板留了下来。此后的时间里，他一边卖车，一边帮助卖锅人寻找市场，卖锅人的锅越卖越多，五个月后，他开走了一辆小货车。

帮助他人成功，也是在促成自己的成功。许多人今天很气馁，是因为看不到明天。今天是因，明天是果。看清明天的前景，会把今天做得更好。

"苹果"成功的秘密

有人说，改变世界的是三只苹果：夏娃的苹果、牛顿的苹果和乔布斯的苹果。

当今世界，商业最成功的公司应该首推苹果公司，苹果公司的股价，已突破每股700美元，成为迄今为止历史上最有价值的公司，公司市值已突破6500亿美元。

苹果的创新机制和管理理念引领潮流，技术优异，设计精良，营销出色，让它打败了所有的对手，这些优势显而易见。而真正让它成功的奥秘，却是隐性的，往往让人们忽视——那就是对CEO的激励机制。CEO是现代企业中统帅企业的灵魂，他往往决定着企业的经营状况与发展方向。

乔布斯在任时，他不拿工资，也不拿奖金，但乔布斯不是雷锋，他获取利益的秘密何在？在于股票。他持有苹果公司550万股。股票的升值，让那些工资奖金之类变成九牛一毛微不足道。乔布斯如此，后继者必当如此，这成了具有苹果公司特色的CEO激励机制——持有股票不拿工资。这项举措，看似可有可无，其实它对投资者尤为重要，它将CEO和投资者绑定在一条船上。

CEO不拿工资，不拿奖金，只持有公司股票——这是否是苹果公司成功的隐性秘密？

库克接替乔布斯时，获得了苹果100万股限制性股票，这就意味着，股价上涨，他就能赚钱，股票下跌，他就要赔钱。他的绩效跟股票的涨跌挂钩，而不是拿固定的年薪和奖金。他要想赚到大钱，拿股东的钱豪赌或是对股票进行短线炒作，都是行不通的。能够确保个人、公司和投资者的利益的途经只有一条，那就是建立公司长期价值。

让股票升值，就意味着产品和技术要精益求精，赢得股民的信赖，寻找更多更大的盈利空间，激发投资者的信心。库克不负众望，公司经营出色，他个人也靠这批股票，在短短一年的时间赚取了2.85亿美元的账目收入。曾经默默无闻的库克，通过这种激励机制，如今，已赢得了身家近十亿的个人资产。

在人们的记忆中，2008年华尔街那些摧毁经济的许多银行家，携着财富轻松脱身，而股东则亏得一文不名。相比之下，苹果成功的秘密，在于它的核心价值理念——承担责任，赢得信赖。通过对CEO的利益捆绑，让苹果的股东知道，CEO是跟自己在一条船上，利益相关，休戚与共。如此，人心所向，无往而不利。

奇特的信赖

“美国有多美？我一定要让你见识一下！”旅美IT工程师的外甥，面对前来探访他的老舅说。于是，外甥驾车带着我，去见识黄石公园的美景，去领略曼哈顿的高楼。

每到一处，停车的时候，我发现了一个细节。我外甥总是把车停在犄角旮旯里——车不容易进也不容易出。虽然他的驾龄不长，技术还不娴熟，可是他仍然固执地选择他看准的停车位。

问他，他说，车停在这样的位置不容易失盗。美国的城市虽然看起来井然有序，可是，纽约却是个盗车贼的天堂。盗车贼之猖獗从一个细节可见一斑：在纽约生活的人，几乎每个人都有汽车被盗的经历，往往这个市一年就有十四五万辆车被盗。

围绕偷车，形成了一条产业链。如果是一辆旧车，车本身吸引不了偷车贼的眼球，但是他们会进入车里，在车中寻找值钱之物。有些发烧友开的虽是旧车，但他们会在旧车上安装配置很高的音响。车不值钱，音响值钱。这样窃贼会把音响卸下来，偷走。

我外甥的车是两千美元从二手市场上淘来的雪佛兰，才跑了8万公里，性能很好，可是车漆已有多处斑驳。这种车对盗贼来说，介于可偷可不偷之间——如果他们手很闲也可以偷。

下车的时候，每次他都拿起副驾驶位子上的一块纸牌，放在前挡风玻璃前。纸牌一本书大，上面用美工笔写了一行英文。这引起了我的好奇。

我的英文已经统统还给了英语老师。问他。他指着纸牌，翻译："车内没有音响！"又往周围的车内指指："你看，那块牌子上写着'车内没有钱包和值钱之物'，喏，那一块写着'车内未加装导航仪'。"

我差点笑喷出来，这点小儿科的东西，用来对付盗贼？在我们的文化习惯中这叫"此地无银三百两"，人家偷的就是你。

可是，外甥说，这招真的管用，如果是辆旧车又有这块牌子，盗贼见了就不会破门而入。我想知道到底是什么促成盗贼与车主达成默契，进而建立一种奇特的信赖。

于是问，是不是车内的状况果如牌子上标注的，说没有音响就没有音响，说没有钱包就没有钱包。

"那当然！"——我外甥的回答十分肯定。

“撒尿小童”何以成明星？

如今，在比利时的布鲁塞尔，著名雕塑“撒尿小童”又成了人们的新宠。

“撒尿小童”，在欧洲家喻户晓。雕塑建于1619年，传说西班牙占领者在撤离布鲁塞尔时，打算用炸药炸毁城市，幸亏小男孩夜出撒尿，浇灭了导火线拯救了全城。为纪念小英雄，才雕刻了此像。雕塑建成以来，深受人们喜爱，人们称他为“布鲁塞尔第一公民”。有趣的是，世界各地的人们不断给这座裸体男童雕像捐赠服装，它有896套衣服，其中有航天服，猫王金属亮片连体服，军装——若是他穿上军装，军人走过身边还要朝他敬礼呢。一直以来，他只是作为一个景点，供游客游览。

可是，在当下的布鲁塞尔，“撒尿小童”已进入了营销市场，人们在各种场所和商业广告上，处处可见“撒尿小童”的身影。

孩子们看到，“撒尿小童”出现在炸薯条的包装纸上，出现在五颜六色的巧克力和棒棒糖的封面。一款广受欢迎的连帽衫，则印着一个穿着连帽衫的小男孩模仿“撒尿小童”的图案。

作为旅游城市的布鲁塞尔，它还被用在T恤、马克杯、托盘、开瓶器、水晶球和形形色色的旅游商品上。令游客流连忘返，且爱不释手。

一年一度的布鲁塞尔夏季音乐节，也采用“撒尿小童”作为广告形象，其中流行音乐会上，“撒尿小童”抱着电贝司演奏摇滚；古典音乐会上，“撒尿小童”则一手拉着小提琴另一只手弹钢琴。

2005年，布鲁塞尔政府在宣传一项创造就业计划时，用了撒尿小童的形象——广告中，在一间办公室里，计算机旁和开会的地方全是撒尿小童。还有一张海报展示的是一处建筑工地，工地内处处都是带安全帽的撒尿小童。

就连可口可乐布鲁塞尔分公司也从2007年开始，把它印在瓶盖上，并研发了“撒尿小童”卡通薯条。

“撒尿小童”的形象作为公共资源，商业使用没有版权限制，但人们有义务自觉维护好它的形象。

“撒尿小童”越来越多的潜在价值被挖掘出来，最初人们只是把它当作布鲁塞尔城市形象代言人，而广泛用于商业广告，则得益于布鲁塞尔“撒尿小童工作室”。这家创意公司致力于推广和

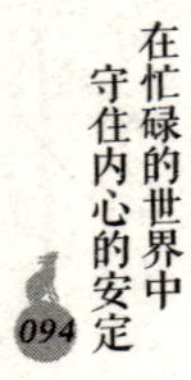

扩大撒尿小童的影响力。

当初，对于是否推广宣传撒尿小童作为广告明星，意见并不一致。有人认为，“撒尿小童”是裸体，有妨观瞻，有人认为，“撒尿小童”是在撒尿，行为并不文明。可是最后大家一致意见是：

撒尿小童很可爱，因为可爱，作为广告形象，人们没有理由不爱。

当苹果和黑莓只是水果的时候

当苹果和黑莓只是水果的时候，这个世界会简单得多——有人如此调侃。可理性告诉我们，苹果和黑莓不仅仅是水果，而是人们趋之若鹜的品牌手机。

晒完名牌、包包之后，明星开始晒潮流数码产品，若是没有iPad、黑莓手机，对“晒一族”来说生活就太无趣了。

当科技的发展，让生活越来越精细的时候，世界也越来越复杂。这种复杂是否有益就另当别论了。据说苹果手机有一万多个功能，我想，这些功能要是都用上，是否要办一个培训班?

回到石器时代，让人成为食草的恐龙，是不太可能。可是，我觉得生活也不应该太复杂。

几天前，我在红绿灯下等着过马路。红灯亮，这时从我身后过来一位乡下人，昂首阔步地走过去。被交警逮个正着。此时，他站在大街的十字路口，满腹委屈地抗辩：“我一眼看到四个路口都有红绿灯，有的亮着红灯，有的亮着绿灯，一刻都不停，你让我什么时候过去？”

四个路口红绿灯交替闪烁，在一个很少进城的乡下人的视线中真是复杂莫辨。倘若他知道红绿灯的含义，即便要闯红灯也会有做贼心虚之态，走不出这样的旁若无人和器宇轩昂。与其说这位乡下人内心简单，倒不如说这个世界在这乡下人的眼中太复杂了，复杂得让他动辄犯错。

红绿灯的设置没有错，乡下人也很委屈。恐怕在这位乡下人的意识里，红灯绿灯都是一种灯，怎么有停止和通行的附加意味呢？正如苹果和草莓都是水果，怎么又不仅仅是水果呢？

我的意思是，为了顾及所有人的方便和理解力，尽可能精简一些秩序和规则，心灵和道路，会更加畅通一些。

日本福岛核危机，让人们真正意识到，高科技是一把双刃剑。核工业能带来无比巨量的电能，可是当它成为危害时，其后果又一时难以消弭。日本核危机之错，不在日本东电和东电总裁清水正孝，错在工业发展太充分了，错在这个世界太复杂了。

相比核辐射，假若让日本人来选择，如今他们或许宁可选择点蜡烛而不是电灯，摇蒲扇而不是用空调……虽然生活有诸多不便，可是安全。灾难后确实需要反思，是不是需要巨量的带着核辐射危险的电？

希望苹果和黑莓只是水果，希望这个世界简单一些。可事实上，这个愿望还真难实现。开弓没有回头箭，在经济社会里，各个领域都有巨量的资本投入，一旦让生活回归简单，资本将无处渔利，一些人并不乐观其成。

对于草根百姓而言，我们并不希望土地上生长着喷洒过量农药的稻米和蔬菜，也不希望用烟囱滚滚浓烟换来大量工业品，更不希望通过对河流的污染生产出过量化工产品，不希望借助假冒伪劣的手段制造出过量商品……其实，生活完全可以绿色一些、低碳一些、环保一些。

我们的生活中需要这么多铺天盖地的物质吗？恐怕连生产者心里都清楚——吃不了也用不了这么多。

在当前背景下，我希望苹果和黑莓只是水果，让生活变得简单，且合情合理。如西哲蒙田所说，最美好的生活是向合情合理的普通版本看齐的生活，这样的生活有序，但无奇迹，也不荒唐。

心中大教堂

妻子的一位盲人朋友要来我家拜访，我对此心存抵牾，但也无奈地接受了。盲人来后，我觉得好奇而又无奈。在酒足饭饱后，我们开始看电视，并且交谈。电视画面里出现宏伟的教堂。盲人让我为他描述电视里出现的大教堂，当我觉得无法描述的时候，他提议我们一起画大教堂：我用笔画，他用手握着我的手，感觉教堂的形象。令我感到惊讶的是，一座与电视上一模一样的教堂，最终出现在我们面前。

这就是雷蒙德·卡佛的短篇小说《大教堂》讲述的故事。阅读这篇小说，还在大学时代，可是它的寓意历久弥新，常常让我想起，回味。

盲人没有看见过教堂，可是听了别人的描述，心中的教堂在灵光中显现。因此，我常常想，我们每个人内心深处，或者说是潜意识中是否都存在一个教堂。

心中的教堂到底是什么？应该是一种神圣，一种向往，一种隐藏在意识之外的心灵金字塔，或者是无字的圣经吧。

一位八十岁的老先生来到医院，他要为他受伤的拇指拆线。与医生交谈时，他露出焦灼的神情，八点半，他要准时陪他患老年痴呆的妻子共进早餐。

“如果您去晚了，她会不会生气？”医生问。“她已经五年不认识我了！”老先生的回答，多少让医生有些吃惊。

“她不认识我了，但我仍然知道她是谁。”老先生的眼睛亮着，深情地说。

……

当一位朋友含着泪，向我讲述这个故事时，我的心中又何尝不是渴慕这真爱的温馨。

真爱，是老先生心中的教堂，他用五年的点滴细节，一点点勾勒出了“教堂”的轮廓。他一块砖一块瓦地去垒积，最终搭成了这座教堂，让人为之侧目和景仰。

还有亲情、还有友情，还有许许多多的幸福，和一些诸如此类的美好，都是我们心中的教堂。

一个人用一辈子的光阴，一点点地勾勒，有些人干了一辈子，或许活不到完工的时候。但生活的意义，正在于用点点滴滴，去试图完成对“心中大教堂”的描述。

绝地生存的智慧

俄罗斯东北部的冰天雪地，四季风雪弥漫，生存条件相当恶劣。再从贝尔加湖向北，逐渐靠近了北极。

在这片白雪皑皑的雪原上，依然可见人类的踪迹。茫茫的雪国，生活着大约3000位埃文克人，埃文克人用超常的智慧，乐观而充实地生存在这风雪中的绝地。

智慧，让他们延续了祖先的生活方式；智慧，让他们一无所有但却无所不有地生活着。

埃文克人以驯养驯鹿为生，驯鹿的全身都是埃文克人的宝。驯鹿是一种真正的耐寒动物，它的毛皮里含有一层空气，具有超强的御寒功能，因此它是零下几十度的苔原上生存的王者。埃文克人将驯鹿视为自己的筋骨和血肉，对于驯鹿的利用也独具匠心，一方面驯鹿作为主要食物和交换生活用品的物资，另一方面，他们将驯鹿训练成坐骑和驾车的工具。因此，再艰险的路途，再猛烈的风雪，他们也能畅行无阻，因为他们的屁股底下，既是交通工具又是食物来源。

风雪拍打着帐篷，帐篷内燃着熊熊的炉火，埃文克人喜欢凑在一起交谈，他们的智慧一代代沉淀，历久弥新。埃文克人有个习惯，当一个男人打猎归来，他们不像其他民族那样夸耀自己的勇敢，而是一件件历数自己的过失，自己所干的蠢事，并且让所有部落成员牢牢记在心里，让后来的人不去重犯前面人所犯的错误。聚会的尾声，大家唱歌跳舞，让轻松、快乐、友爱充盈在帐篷里，充盈在每位成员的心间。

埃文克人过着游牧生活，他们每天的劳作都是在为驯鹿寻找食物，夏天，他们把鹿群赶到海拔3000米的高地去啃食“地衣”，地衣是附着在北极地表的一种脆弱稀少的植物，五天之内，鹿群能将五里以内的地衣吃光，冬天，埃文克人把它们带到雪层较薄的地方去，使驯鹿能不太费劲地刨开雪层，寻找里面的地衣。驯鹿的食量大，而地衣稀少，为此，他们要频繁地迁徙。

然而，他们不但让驯鹿生活了下来，而且每20到40个人就能够驯养2500百头驯鹿，并且能把驯鹿养到200公斤重以上。

群策群力和各司其职，也是埃文克人应对恶劣环境的智慧选择。对于频繁的迁徙，他们并不轻率地确定路线，因为每一个不明智的决定都会让他们付出代价。每天夜晚，坐到帐篷里，围在炉火边，他们会展开激烈的争论，直到道理说透为止。男人、女人、大人、小孩都参加讨论，谁对就听谁的，如果驯鹿会说话，想必埃文克人也一定会让它开口。

白天，他们各干各的，男人打猎，喂养驯鹿，女人采集野果，孩子们钓鱼，鱼也是埃文克人的只要食物来源之一。职能分工合理，绝不浪费一点劳动力资源，因为大自然对他们是苛刻的，并不给予他们任何一次懒惰、浪费和疏忽的机会。

埃文克人的天敌不仅仅是气候，还有一些猛禽和野兽的进攻。埃文克人用自己的智慧也一一找到了对应之策。比如，对付狼，埃文克人一见到它的蛛丝马迹，就会一直追下去，直到找到它们并把它们杀死，这种勇追穷寇除恶务尽的方法，消除了人和驯鹿的隐患。

每年，埃文克人都要用驯鹿肉交换茶、油、面粉、蔗糖、蜡烛、火柴、绳索、药品、弹药、布匹等日常用品。在这个环节上，埃文克人也有自己的智慧。无论部落之间有怎样的矛盾，但此刻他们会联合起来，团结如一提防前来交换的商人压价；他们从来不用货币，只用实物对实物进行交换，不熟悉规则的游戏他们不玩，从而避免了货币贬值等商业游戏给他们带来的损失。

能够在冰天雪地的北极绝地生存，看似奇迹。但埃文克人以生存经历告诉我们，只要注重积淀和发掘智慧，就可以创造奇迹。

每个人都有影响力

法国前第一夫人布吕尼热心慈善事业，尤其是弟弟在2006年死于艾滋病之后，多次亲赴非洲，成为世界艾滋病防治项目的最重要代言人；她还曾联络法国女影星阿佳妮等女性写信给联合国，要求伊朗释放因通奸罪而被判石刑（乱石打死）的43岁伊朗女人。

意大利阿奎拉发生地震，比照布吕尼的赈灾之举，意大利政府因无所作为而难堪，因而讽刺布吕尼这是想当特蕾莎修女；名模出身的她，在成为第一夫人之后，每当挑选服饰时都尽量支持法国品牌和设计师，第一夫人的“时装爱国主义”，让法国的时尚产业激动得痛哭流涕。

喜欢布吕尼，不仅因为她的非凡魅力，而且还因为她的善良之心。固然，她有独特的位置，但她能利用影响力而行善举，还是令人感佩的。

非但只有明星或政坛人物，可以左右潮流或掌控政局，我们普通百姓，也都有各自影响力。只是普通百姓的影响力，往往不够显性，或者不常在荧屏前暴露，不够闪光和耀眼，结果的显现不够立竿见影，而需要时间。但千万别忽视了普通人的影响力。

日本农学博士远山正瑛，1980年来中国种树，一直种到九十七岁，他每天在中国的恩格贝种树十小时。在他的影响下，日本7300志愿者来恩格贝种树，种下树木300万棵，染绿黄沙四万亩。一个人，二十年，让茫茫的沙漠一角，奇迹般地冒出绿洲——这就是影响力。

日常生活中，一个人不经意的行为或者一个微不足道的细节，足够影响一件大事。这种影响力往往是隐性的，不去细心体察，往往还不被发现。

前不久，一位从沿海回来的朋友准备到内地投资，重点考察A城和B城。在A城，他坐在街头擦皮鞋，擦皮鞋的一个大婶的动作，让他对这个城市死了心。那大婶把他的一只鞋带解下来，擦好付了钱后再系上，一个细节瞬间让他悟出，这个城市市民的道德水准成问题——定是有人擦好鞋后不付钱借故跑了。在B城，他搭了五次出租车，下车前，五位司机都提示，先生，请带好您随身物品。

最终，他把企业放在了B城，B城因此有五千人上岗就业，B城的税务部门每年也因此收到上亿的利税，这就是一位擦鞋大婶和几位出租车司机的影响力。

我儿子在饭前便后都得很认真地用洗手液洗手。有时候，时间紧，我试探着和他商量，就不能稍微马虎一点？他很果断地摇头，这怎么可能，我从上幼儿园的时候就养成了习惯！

可想而知，这是一位幼儿园老师的影响力。在有些人的意识中，幼儿园老师不就是带孩子玩玩嘛，影响力有限吧？其实，错了，她们的影响力足以影响一个人一生的行为习惯。

远与近看人生

凯瑟琳·西格林是位普通的少妇，但她的不普通在于，7750天短短的时间，拍了93284张照片，每天都要拍十几张。这些照片，装了整整五大金属箱，1974年，在布鲁耐特财产公开拍卖会上被公开拍卖。

凯瑟琳的父亲是个怪人，凯瑟琳的母亲去世后，这个男人深情但有点儿变态，他把所有的爱倾注到凯瑟琳身上，以弥补丧妻之痛，为此他专门请了位摄像师，每天给凯瑟琳在不同的时间点拍照片。

我替凯瑟琳感到痛苦，一个人每天如此近距离地被摄像机反复地观察、记录，看着脸上的斑点从无到有，皱纹犹如蚯蚓一点点爬出来，悲哀难免萦绕心头。

事实上，凯瑟琳确实不堪其苦，1960年的春天，她从楼梯上跌落后身亡。神情恍惚的人，一般都是心理承受很大的压力。她的摄像师回忆说："她是一个可爱的孩子，但她脸色十分苍白，表情憔悴，眼睛里闪烁着痛苦……"

相片像囚笼，凯瑟琳被禁锢其中。人的视线和注意力被局限在狭小的空间，如此注视和体验人生，视线何以辽阔，心胸何以高远？因为近视与短视，许多人无法抵御生活中的种种琐屑的烦恼和失望。

近距离看人生，人生有许多悲哀的细节。相反，把人生当成山河，登高远眺，眼中无限壮美。

有人说，近距离看人生，人生是悲剧；远距离看人生，人生是喜剧。

由这句话，我想起了杨绛先生。

迎来百年华诞的杨绛是位智者，她自己是位作家、翻译家，一生甘当钱锺书先生的"灶下婢"。她有一句很经典的话，意思是，坐在人生边上，远距离看过去的时光，人生无非是"看时间跑，地球转"，这是一种宏观的视角，一切生命现象也都是自然现象，需要的是任其自然。

当人生需要近距离的面对时，日常生活中，她低调、深情、智性……忍生活之苦，保其天真，以独有的智慧应对荣辱是非。

远距离看杨绛一生，才华卓著，成就斐然。1976年10月，邓小平将其翻译的《堂吉诃德》作为国礼赠送给西班牙国王和王后，西班牙国王亲授的“智慧国王阿方索十世十字勋章”。晚年她推出系列随笔，对于生死以及人的本性、灵魂等哲学命题做出终极思考，结集而成《我们仨》《走到人生边上》。

近距离看，她未必没有痛苦，她的人生比常人有更多的劫难。“文革”中，杨绛在外国文学研究所作为“反动学术权威”被“揪出来”。从此开始了受污辱，受践踏，挨批、挨斗的日子。造反派给她剃了“阴阳头”，派她在宿舍院内扫院子，在外文所内打扫厕所。晚年她痛失爱女，痛失相濡以沫的丈夫。

近距离的生活，可能每天都必须面对生活中的种种难题，未卜时光中的磨难，不可知的困厄。对此，需要泰然面对，淡定从容，尽可用智慧和坚韧去化解，无需回避但也不必萦怀。

离生活的距离太近时，需时时提醒自己，不妨跳出近观看远景，远距离看人生，生存过，奋斗过，收获过……这就是饱满充实的人生。远距离看人生，经历过的痛苦，把它忘却；经历过的悲哀，把它淡化；那些烦恼的一地鸡毛，让它随风而逝……唯留人生宏旨与春秋大义。

远距离看人生，写过《红与黑》的司汤达，淡定地为自己写下墓志铭：他活过，他写过，他爱过。

远距离看人生，西哲维特根斯坦，悲欣交集地说：“我度过了美好的一生。”

给世界一个答案

公交车上，一位小女孩腼腆地站起来。

她让刚上车的一位伯伯坐。小女孩靠在座椅的旁边。我坐在后排观察她，一开始，她为做了好事而快乐，还有一份因被人关注而生的羞怯。渐渐地，她在想一个心思。几次欲言又止，我感觉她终究会表达出来。

果然，在她将要到达的一站，她动了动那位伯伯的胳膊。声音很小，当让听者的心为之一怔。她说："伯伯，你怎么就不说一声"'谢谢'呢？我一直等了三站呢，你连对我笑都不笑一下。为什么？"

旁边的人都笑了。唯独这位老男人不笑，眼睛直直的，仿佛未听明白，无动于衷。

我对这位老男人顿时没有一点儿好感。社会上像这样人很多，

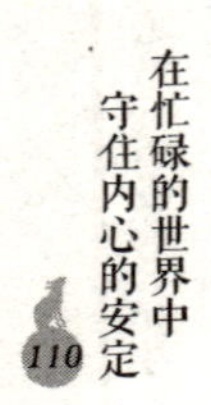

无论别人为他做了什么，他们都是眼睛直直的，没有一点儿感觉。对友善没有一点儿应有的回应，对帮助没有一点儿应有的感激。仿佛他们心灵的行囊里，没有“谢谢”二字。

小女孩并不是等待一种回报，她在等一种回音或者回应，来解决她心里的疑问。我想，她的心中是有个疑问悬而未决，这位伯伯怎么啦？怎么就不说一声谢谢。或许她的老师教她，受到别人帮助时，一定要说声谢谢。而目前这位伯伯，连微笑都不会。

小女孩的郁闷是可想而知的。如果春风来了，没有一朵花响应而开，没有一颗草破土而出，春天又在哪里呢？这个春天，小女孩一定找不到。

一位朋友资助一位学生读完大学，直至参加工作。其实他也并不富裕，妻子没有工作，只凭他的一点稿费。后来，他跟我说，真是有点儿心寒。我开始误解了他，一句话直逼他的内心，我问，你难道需要什么回报？

回报？他淡淡一笑。需要什么回报呢？只是需要一个答案。这么多年，他没有给我发过一个短信，从来没发一个短信。哪怕只发一个字，也能从这个字去揣测他心里的感受。我心里总是有个疑问，这孩子怎么啦？是不是因为接受了帮助变得自尊心格外强，所以刻意回避我，可他怎么就不考虑我的感受呢，这是为什么？我心里一直很纳闷。我需要的不是回报，而是一个答案。

友善的言与行，无疑是美好的，犹如一声呼喊，它同样需要回音。冷漠与冰凉，只会消磨他人的美好初衷和道德激情。

每时每刻，我们都在享受着这个世界的给予。这是一个人心灵与生活的需要。美好的生存，均拜他人所赐。

当这个世界对我们如此友善时，当它给予我们许多新鲜美好的事物时，比如，每天早晨工人们送来新鲜的牛奶和晨报，面点师提供的热气腾腾早餐，打开电视播音员送来的远方新闻，我们感受到了它们带给自身的惬意和温馨。不要让这个世界心存悬疑。不要让他人的心变得冰冷和疲惫。

对这个世界颔首致意，微笑并且感恩——这就是给这个世界的答案。

拥有诗意的世界

我并不富有，但却拥有几千册图书。拥有好书，生活犹如天籁，每天都可以凝神静听。有些朋友问："好书是什么？什么样的书才是好书？"我思考良久，这样告诉朋友们。

好书是什么？一位藏书家曾说，好书是朋友，是爱情，是教堂，是酒店，是我唯一的财富；书又是我的花园，我的花朵，我的蜜蜂，我的鸽子，我的健康和我唯一的医生。我想，藏书家在说，好书提炼了生活中的一切美好的元素，它美好而且丰富，朋友、爱情、教堂、酒店、财富花园、花朵、蜜蜂、鸽子、健康、医生，一切美好事物都囊括了。

是这样。记得在我的青春期，迷茫的我，读到了鲁迅的《朝花夕拾》、茅盾的《子夜》、巴金的《家》和冰心《寄小读者》，当时的条件，我只能读到这些。可就是这些，让我的心灵不再迷茫。那些好书对于我，仿佛阳光照进了幽深的小巷，温暖烘干了潮湿的青苔，光亮拂去阴暗的蛛网，从此，我的身心生活在一片光明之中。

美国诗人朗费罗说，那些令人愉快的书籍不声不响地在我们的家中占据熟悉的位置，它们好像会讲话，从纸上及画面上和我们倾心交谈。

我书桌的右边是高大的书橱，我把蒙田的《随笔集》、罗素的《人生论》、帕斯卡尔的《思想录》放在触手可及的地方，一扭头，我就能看到它们。从时间上来说，他们生活在遥远的彼岸，但同时他们活在我的意识中。当我看到书脊上的这些名字，我就能想起他们说过什么，或许是一句朴素的话，却能让这个纷乱的世界变得清晰。我想，我今生是不会离开这些智者的教诲的，这些书未必让一个愚钝的人变得聪明，但至少不会让他犯一些常识性的错误吧。

“一本好书是一个艺术大师宝贵的血液，是超越生命之外的生命，是可以铭记和珍藏的血液。”这是十七世纪英国诗人、政治家弥尔顿的名言。我依稀记得三岁时跟父亲读《论语》：“人不知而不愠，不亦君子乎？”当时不明其意，四十年过去了，我父亲也早已离开了人世，可是，这句话始终回荡在我心里，成为我处世的准则。《论语》仅短短五千言，可它是先贤孔子用一生的颠沛流离凝成的经验，当然是可以铭记和珍藏的血液。

我曾经长久地寻找精神家园，最终找到了王小波。尼采对于好书的评判曾有这样一句话：“所有的书中，我最喜欢用血写成的。”王小波随笔集《我的精神家园》就是这样一本书。打开他的书，每个时刻都能让人感觉：“在这里很好！”他耗尽生命而奉献的思想，对一个庸人社会人们的愚昧和盲从，不啻是一道警醒的雷击。同时，他倡导个人的价值和生活的趣味，闪耀着些许先知的微光。

记得王小波说：“一个人只拥有此生此世是不够的,他还应该拥有诗意的世界。”只此一声，弥足珍贵。但如何拥有诗意的世界呢？我想，首先应该拥有几本好书，否则，你不知道什么是“诗意”。

心在明处

要买的房子在一楼，那天去看房时，有件事让我心惊。我们正在毛坯房里四处查看，屋外传来巨大的声响。

我从窗户伸头向外看。屋外的管道裸露在外，一个人挥动手里的锄头，敲打管道。那是条液化气管道。这个人想通过敲打管道，把锄头上的泥土敲下来。我感到担心，这么大的力度，会不会将管道敲裂，而这管道就环绕在我一楼的房子。

以商量的口吻跟他说，能不能不敲，说了三五遍，他装作没听见，声音越敲越大。直到我大喝一声，他才把锄头停下来，阴沉地看着我。我离开这栋楼的时候，他幽幽的一句话，声音很轻，却将我钉在那里。他说，你狠，除非你整天整夜地看着。

瞬间我意识到，钢管上的裂缝，他是完全能找个机会敲出来的。或许现在一个小小的裂痕，就是以后很大的安全隐患。我折回身，他下意识抬起锄头准备迎战，我却递给他一只烟。我说，兄弟，还是你狠，高抬贵手。他垂着眼帘看锄头说，你跟我搞？我也不知敲裂多少钢管，泥巴一糊，谁能看到裂缝啊。

我说，你狠，不是狠在你手中有锄头，而是狠在心在暗处。

往回走的路上，心中突然一悟，现实中许多无辜的人，善良，能干，是好人，却往往受伤，原来是身边有人心在暗处，干的就是暗箭伤人的勾当。

人的心灵，应该有一个光明的所在。若是周边的人，心都在暗处，生活让人何等失望。人与人总有天壤之别，有些人耳聪目明，却心灵晦暗。而另一些人……说到“另一些人”时，我首先想到一位老人。

他在二十世纪抗美援朝的战争中双目失明，回家后，一直在河滩边养鸡为生。他出售的鸡蛋蛋黄大而黄。

黄昏时分，我吃过晚饭，习惯散着步过去，买他的土鸡蛋。棚屋里亮着瓦数很大的白炽灯，我忍不住问他，您需要这么亮的灯吗？他说，我需要灯做么事？我是为行路的人照个亮。

又有一次我忍不住问他：“您老为什么总多错给我一个鸡蛋？我得另外给钱给您。”

他说：“不是错的，是送的。”

我问：“为什么？”

他说："你每次都把找零的几块硬币放在木桌上，可怜我老瞎子啊，呵呵，我眼睛看不见，声音听得见，你放的声音很轻，可我听得清清楚楚。"

当我要离开的时候，他跟我说："孩子，我跟你说，几个鸡蛋对我不算什么，几块钱对你不算什么，人生在世，别人对我好，我不亏别人，别人舒坦自己舒坦，心里每天都舒坦啊。"

我要是不说破该多好。他的内心何等亮堂，他的心处在明处，心里有个芬芳的花园，整天阳光明媚，蝶飞蜂舞。

我们缺什么

我从《华尔街日报》读到这样一则故事。

美国内布拉斯州的阿瑟小镇，地处偏僻，人口稀少。人们大都倾向于繁华的都市，连续有人迁徙而出。这里的学校、医院、商店纷纷倒闭。最终导致食品杂货的供应都成了问题，这给行动不便的老人们的生活带来很大不便。许多人愿意开着车去阿瑟以外的地方购物。

马歇尔女士结束了内布拉斯州大学工商管理课程，她想挽救阿瑟小镇的零售业，同时给那些行动不便的老人提供方便，深思熟虑之后，开了一家超市。沃尔夫登超市别出心裁之处在于：它为附近顾客每人准备好一只信封，信封上面写好了顾客的名字。

沃尔夫登超市不用营业员和管理员，这样可以大大降低成本，因而所售商品价格低廉。当人们买走商品时，只要看看标签上的价格，把相应的钱放入印有自己姓名的那个信封。渐渐地，顾客多了起来，越来越多的顾客纷纷涌入，并非完全冲着低廉的价格。更主要的是，他们在购物时，意外地收获了一份信赖，感受到朴素的体贴与关怀。

渐渐地，附近的顾客，都把自己当成这个超市的主人。人们精心地呵护着这个规模很小的超市，很快，超市生意兴隆。

……

做生意的表弟，正在寻找商机。我把这个故事说给表弟听，希望他能从中得到一些启发。我表弟低着头，陷入了沉思。

几天后，表弟来了。他按图索骥地谈了自己的计划，准备就在我所在的小区，开一个类似沃尔夫登超市。我对此感到疑惑，总觉得我们这里缺少点什么。

“我们缺什么？”我表弟突然焕发了激情，直着嗓门滔滔不绝，你看，你这里一个废气的大车库我把它租下来，场地不缺，资金我也不缺，管理经验我也不缺，货源也不缺，我们到底缺什么啊？

我疑虑未消，问他，如果顾客拿走东西不往信封里塞钱，或者少塞了钱怎么办吧？

表弟双眼射出智慧的火花，我在放信封的上方天花板隐蔽地装上三个摄像头，我在货架周围大大小小地角落都隐蔽地装上摄像头。就是一只苍蝇飞过，我也能辨出雌雄，谁敢跟我玩猫腻？

他在为自己的精明深感得意。我从他的表情中终于找到了我们缺少什么。我们缺的正是——彼此间的信赖。

让世界跟你一起偷懒

世界需要两类人，一类懒惰的人，一类勤劳人。用传统的眼光看待这两类人，肯定和褒扬的无疑是后者。因为勤劳的人每天都在为公众奉献新鲜的牛奶和面包。

世界上最富有的人——比尔·盖茨，原是个程序设计员，因为懒得读书，他就退学了。他又懒得记那些dos命令，于是就编了个图形的界面程序，叫什么来着？我忘了，懒得记这些东西，于是全世界的电脑都长着相同的脸，而他成了世界首富。

这是阿里巴巴首席执行官马云的一段演讲词。马云也很懒，但他创造的业绩却不平凡，正如他自己所说："像我从小就懒，连肉都懒得长——这就是境界。"瘦得形销骨立的马云幽了自己一默，意在强调懒人有懒人的用处，懒人有懒人的境界。

懒惰有两种情形，一种是消极的懒惰，一种是积极的懒惰。民间故事中，那个懒孩子，出远门的父母，在其脖子上套一块饼，但他宁愿饿死，也懒得去咬。这是无可救药的懒惰。另一类，是不愿在繁复的劳动中耗费艰辛，而思考省时、省力、快捷、有效的方法。创造和发明，往往为这类懒惰的人预留着通道。

正如马云所分析的，懒得爬楼，于是有人发明了电梯，懒得走路，于是有人制造出汽车，甚至懒得去听音乐会，有人发明了唱片。正是懒惰的想法，激发出一些人的智慧。他们不想在多余的过程中把自己弄得筋疲力尽，而是极力寻找捷径，直达目的。

比如说登山吧。在缆车发明之前，人们必须汗流浃背，累死累活，亦步亦趋，过度的疲劳大大降低了游客游玩的兴趣。其实这些过程可以省去。而缆车的发明正好契合了人们偷懒的想法，既可以须臾间登上山顶，一览众山小，又可以在峰与峰之间，像猴子荡秋千一样荡来荡去，好不惬意痛快。类似的例子不胜枚举，成功的偷懒，总给人新鲜和刺激。

省略过程，直达目的是懒人的目标。从这个意义上说，懒惰确实不是一件坏事，它在努力让一切漫长复杂的程序简单化，让一些专业工具变得不再跟人为难，让傻瓜也能操作，比如傻瓜相机。许许多多偷懒在发展史上划时代的成功，其结果是，让人们从辛苦的劳动中解放出来，活得更轻松、自在、享受。

当然，为了达到懒惰的目标，需要勤奋地工作；在懒惰的目的未达到之前，在原有的工作环境之下，仍需要勤奋地工作。二者并不矛盾。

生活和工作中，需要给那些貌似懒惰实则有想法的人以空间。懒惰的人也需要懒出方法，懒出风格，懒出境界。这个境界就是——让世界跟你一起偷懒。

第三辑／

△

良善：

耶路撒冷之痛

为母鹅停工

英国伯明翰经济区的一座大楼即将完工。这时候却来了位不速之客，一只母鹅摇摇摆摆地走来，来了就没有走的意思。它在工程中心连下了三只蛋。三只蛋唤起了母鹅的母爱，它俯下身子，有点害羞地孵起蛋来。

这事让开发商很挠头，一方面这“立方体”工程，造价上百万英镑，延期意味着经济利益受损；另一方面工地上隆隆的机器声，又惊扰了年轻的鹅妈妈。

事情的结局让人惊喜，貌似“大局”的工作效率和经济效益，为母鹅孵蛋让道。工人们用木板给母鹅造了一间“产房”，上面挂着黄字的警示牌：“母鹅孵蛋，停止施工！”

在承包商和建筑工看来，新生命的诞生，即便卑微如孕育小鹅，对这个世界来说都有非凡的意义，生命中有爱与悲欣，而钢筋混凝土的建筑则没有——这种意识是可贵的。

这类事中蕴含的细节，让人觉得温馨。

二十世纪六十年代，日本想在东京成田修建大型机场，但有十三名“钉子户”不愿离开故土，而且一直坚持。政府与“钉子户”多次举行对话与协商无果，致使一号跑道推延了十几年才建成。

二号跑道迫于日本将举办2002年世界杯才于1999年建成，历经四十余年拉锯战，修建时，政府不再与“钉子户”谈判，而是绕开南端的钉子户，向北延伸，由于地段狭窄，导致大型飞机不能起降。另外，政府尊重“钉子户”的感受，第三条跑道的工期将遥遥无期。

在成田修建机场，包含着政府与“钉子户”利益的博弈，双方难免视对方为对手且抱有敌意。而最终达成的一个小小协议，让人心头一热：成田机场8点以后飞机停止起降，这样做是为了住户休息。面对博弈中寸步不让的对手，政府不是恼羞成怒，而是做出了善意的妥协，人道的让步。

即便2006年，时任首相安倍晋三希望日本所有机场24小时运行，但首相的意志并不能强加在成田机场，理由很简单，十三户钉子户需要在夜里睡好觉。

日前，我到一家医院探望病人。病房里时时传来对面高楼施工的声音。据说，这种声音在午间休息时也不能停歇。即将建成的是一座更高更大的住院部大楼，为了赶工期，医院号召病人服从大局。而这个“大局”，意味着病人的健康要为大楼的修建让道。

很多冷冰冰的事实，都能找到堂而皇之的理由。可我们需要的不是理由，而是一个很温暖的事实。比如，不起眼儿的一块小木牌，上面写着：“母鹅孵蛋，停止施工！”

陪伴痛苦的灵魂走一程

央视记者柴静有个栏目《看见》，其中有一期关于药家鑫的节目。柴静在采访张妙的父亲张平选时，隔壁忽然传来一阵号啕大哭，是张妙的母亲。“为什么不进去劝劝？”柴静问。“不劝，劝也没用。”张妙的父亲回答。柴静起身，对着镜头说：“我去看看，我去跟她说说……”

她示意摄像师留在原地。采访戛然而止。进屋后，柴静把手搭在张妙母亲的手臂上。按照拍摄的惯例，要拍下那位母亲崩溃的画面，或者等她停止哭声后继续追问采访。然而，这次柴静没有这样选择。她没有为对方擦去眼泪，更没有苍白地说着：“不要悲伤，明天会更好”之类的安慰话。最终呈现的画面，是张家门帘背后模糊映衬出的柴静拉着张妙母亲的剪影。再没有任何具象镜头，只听到女人断断续续的哭声。女记者一直陪伴这位母亲哭完。

撇开了镜头，进门陪伴一位伤心欲绝的母亲，完全是一种私人举动。悲伤，不必放在镜头前作展览，无需强调和夸张。旁人的劝慰更未必能起作用。成熟的女记者已经知道，一些人承受的痛苦，是其他人无力改变也无法体会的。

柴静事后说："唯一能做的是在得到别人的允许后，陪伴于此。跟你一起，试图感受你的感受。'陪伴'也在传达一种无能为力。对不起，没办法，只能感受。"

陪伴痛苦的灵魂走上一程，感受一下你无法改变的痛苦，陪伴不幸的人感受不幸——换上另外的人，实在未必比柴静做得更好。

看见一棵树，折断了枝丫，慢慢地体会树的内心有多痛，悟出一棵树，为了活下去，隐忍了多少艰难和挣扎。陪伴一颗痛苦的灵魂走上一程，会发现那些都市中，平静的表情背后，隐藏了多少生命之痛。

人，就像树，裸露在雷雨、风暴和闪电中，任何一次小小的预谋和意外，都能将人伤害。作为同类，为同类的担当，莫过于感同身受地去体验。最新的研究表明，老鼠亦有同情心，当它感知到同类遇到危险或者死亡，它会朝着这个危险的方向奔去，或者久久流连这个险恶之地，不肯离去。

弘一大师临终前嘱咐徒弟，将燃烧蜡烛的神龛四只脚放在盛水的四只碗里。他预感自己的灵魂行将离去，要走远了。可是，他想到了卑微的蝼蚁，那些弱小堪怜的生灵，他担心燃烧的蜡烛和烛泪要了小蝼蚁的性命。一切生的苦难让他眼含热泪，悲喜交集。

于是，他挣扎着让生命停留了一会儿，陪伴蝼蚁痛苦的灵魂走上最后一程。

我们的世界里有没有他人?

老黑人布鲁斯是一位普通的电梯工，起起落落，每天的工作有些单调。然而，这位电梯工不平凡。纽约曼哈顿181街中转站，有一部电梯将人们从这里送到12层楼下的地铁站。人们走到这里，瞬间感到温暖和亲切，因为他们想起一个人——电梯工布鲁斯。

布鲁斯管理的电梯，没有粘着口香糖的地面，没有肮脏涂鸦的墙壁，代之以鲜花、植物和CD里播放的爵士乐，气息与氛围，醉人心脾，人们伴着节拍，愉快得想跳舞。更令人称奇的是，电梯的四壁贴满了各种肤色人种的照片，黑人、白人、黄种人等等都有。这些人是谁?

都是他的乘客。布鲁斯不但待人亲切，让乘客宾至如归，而且还为他的乘客拍下快照，定期更换，贴在墙上。这一小小的细节，让乘客觉得，一次乘坐电梯，自己的形象就留在了布鲁斯的世界里。因而，他们把布鲁斯的电梯当作自己“流动的家”。

狭小的电梯空间是布鲁斯的世界，在这个世界里，进出着一批批布鲁斯视如亲人、素不相识、形形色色的人。他觉得生活并不枯燥，也不孤单，他的世界被来来往往的人们填满。

然而，这并不是布鲁斯生活的全部。他在电梯里常年放置了一只食品箱，上面写着："请帮助我们资助穷人！"靠着这只箱子，布鲁斯每个月都为穷人募集上千磅的食品。虽然布鲁斯并不富裕，可是他的心灵世界里装着更穷的人。

繁华的纽约，满大街是各界精英。一个人不容易引起他人的关注，而一位平凡的卑微的电梯工却受到人们喜爱，人们喜欢进入布鲁斯电梯一瞬间那种很亲和地融入的感觉。这里没有陌生和排斥，因为他们知道老黑人电梯工布鲁斯，已经在他的世界里为他们预留了位置。

从传记中，我读到关于契诃夫的故事。在生命最后的时光中，他没日没夜地咳嗽。然而，每一个夜晚来临，都让他感到为难。他担心咳嗽声惊扰母亲、妹妹和邻居。于是，他来到后花园，月光冰凉如水，他整晚坐在冰凉的台阶上，听夜莺的歌唱，而不回房间休息，以便让自己的咳嗽声远离他人。

我常常猜想契诃夫的心——这是个多么美好的世界！装着他人，对待他人像对待易碎的瓷器，轻拿轻放，唯恐损伤。

白色小金人

20年前，巴里·莱文森执导了一部影片《雨人》，由著名演员达斯汀·霍夫曼与汤姆·克鲁斯主演，故事温馨动人。影片中，迟钝而智慧的雨人，给观众留下了深刻印象。当年，该影片获奥斯卡大奖。

影片的雨人确有其人。巴里·莱文森获奖后，觉得应该把这个奥斯卡小金人送给影片主人公的原型——现实中的雨人。

半年后，他再去拜访雨人。他向雨人提出要看看奥斯卡小金像。出乎巴里·莱文森的意料，雨人躬下身子，从床底下掏了半天，掏出了金像。巴里·莱文森端详着小金像，更为不解：小金人已变得面目全非，镀金已经褪去，变成了白色的小金人。或许这是众多奥斯卡金像中唯一的一座白色小金人。

雨人解释说，这座小金人被无数个孩子玩过，孩子们用快乐的小手，磨掉了小金人身上的金粉，变成了现在这个样子。

至高无上的小金人，在雨人的手中，变成了孩子们的玩具。这令巴里·莱文森始料未及。然而，在他看来，雨人是痴是智，再次被证实。美国的民众对此的判断是，这座奥斯卡金像是有史以来最有价值的一座小金人。

有意，抑或无意？我都觉得，是雨人帮助巴里·莱文森实现了这个小金人的价值。

因为雨人选择了最好的方式——分享。分享，才会让美好的事物体现应有的价值。

居而有之，束之高阁，藏之名山，拥有者心中仅存侥幸的窃喜和患失的恐惧；相反，把一份快乐，分给十个人，变成了十一份快乐，分给一百个人，变成了一百零一份快乐，这样简单的加分，应该懂。

寻常的事物，也会因为分享，而变得美好。比如阳光，比如空气，它们把恩泽布于众生。即便一个心怀怨恨的人，抱怨一切，也不会抱怨阳光和空气的美好。

一杯水，一堆火，一箪食，也很平常，像雨人一样懂得分享的价值，与那些需要的人分享，就不再寻常，它变得温情脉脉，变得情深意重。

拍照，还在拍照？

一名乌拉圭女孩，冒着深秋的凉意，跳到西湖去救人。

她觉得这是再寻常不过的事。事后，她说，我感觉我能救她，于是，就脱下衣服，下了水。当她把人快救上岸的那一刻，她突然意识到周围的环境，让人感觉那么不近人情。

她愤怒了。因为周围的闪光灯闪个不停，迎接她们的不是援手，而是冷冰冰的照相机镜头。一群人，围着她拍照，把她们当作怪物拍照。她愤怒而且不解：这个时候还在拍照。她用英文喊："真是不可思议，人都快要死了，人的生命更重要。"

对于乌拉圭女孩来说，扶危济困，是她触景生情的一种本能动作，没有过多的考虑，也没有多少神圣崇高的念头，一种条件反射，一种"伸手拉一把"的本能冲动而已。

因此对于"西湖女侠"的称号和地方领导的接见，她都没什么兴趣。她不能理解的是，中国的拍客，在人都要死了的情况下，怎么还不停地拍照呢？难道拍照比人的生命还重要。为什么许多人的血比深秋的湖水还冷？

时下，网络上稍大一点的论坛都有贴图区，各种匪夷所思的照片都有。不知道这里面到底有什么利益驱动。但读图真的让人读出了生活的五花八门和荒诞不经。

比如，有人用镜头记录了一个人跳楼的全过程，从站在窗前，一直到落地，地上留下花朵一般殷红的血……

另有一组这样的照片，少女在湖边沉思，忽然跳下了水，上百幅照片，很细腻地记录了过程，少女的头沉入水中，一点一点地下沉，直至泛起一圈圈涟漪，整个人不见了……

此外，闯红灯，爬高速护栏，爬天桥，上高压线杆……都是些高危的动作，只有人拍照，没有人制止。对当事人来说，一时糊涂，导致天降大难。而那些手拿相机的拍客，伸着窥探的镜头，因为事不关己，感受到的是惊险和刺激。

我私下里在论坛跟他们交流，他们说，他们想的是，记录一件离奇古怪的事情的完整的过程。记录，纯客观地记录，只有时间的推移，只有角度，不带任何感情色彩。

苏珊·桑塔格在《关于他人的痛苦》一书中，对这种现象有深刻的揭示：因为痛苦前面的签名者是“他人的”不是“我的”或者“我们的”，因此就有了一种过去时间状态，一种死讯，一种距离感，一种观赏的方便，一种非切肤之痛，一种奇观，一种自我保护，一种隔岸观火、幸灾乐祸，一种过量、不知足。

观赏别人的痛苦，是最冷漠的看客。

有些灾难的发生，让人想施以援手，但无能为力。1978年9月25日上午9点2分，在美国加利福尼亚州圣迭戈市上空，发生了一起两机相撞的惨重空难事件。当时有人碰巧拍下了这幅照片，获了当年美国普利策新闻奖。空中偶发事，地上的人为之奈何？只能拍照。

但地上发生的事，每个在现场的人都应当有所作为。拿对焦和摁快门的时间，打个110或者120也好。此时还惦记拍照，难怪乌拉圭女孩愤怒又奇怪："拍照，还在拍照？"

倾听，是一种选择

一位印第安人和他的朋友，在美国纽约繁华的街市曼哈顿散步。人声车声，鼎沸嘈杂。可是，印第安人说他听见了蟋蟀的叫声。朋友摇头不信，这认为这是印第安人的幻觉。印第安人径直走到一处花坛。

在花坛的草木地下，他的朋友，惊讶地看到了正在鸣叫的一只蟋蟀。

倾听什么样的声音是有选择的。自然的声音，在印第安人的耳鼓是最响亮的，它盖过了其他一切声音，因此在众声喧哗中，印第安人能听见一只蟋蟀的叫声，而我们在都市生活的人们，只听见人声车声。

在我居住的小区，一位母亲靠听觉挽救了一个孩子的生命。当她走过了几条街，突然在嘈杂的人流中听见了孩子的哭声，她寻着哭声返回家里，保姆把四岁的孩子锁在家里，自己上了菜市场，孩子正搬把椅子上了阳台……

邻居们说她凭借的是担忧和预感。我不敢肯定，她是否确凿听见了孩子的哭声，但有一点是肯定的，在她的听觉中，选择性地填满了孩子的一颦一息。于是这个幸运的巧合，其中也一定包含了必然。

你看，大街上，那些人在侧耳倾听，他们在寻找一种声音，是自己熟悉、关注或对自己有益的声音。

声音并非一味地用分贝来计量，音乐家对音符是敏感的，他们能在梦中听到旋律。古陶瓷是无声的，而文物鉴定专家能从发光的釉面听到声音，听见来自远古的话语。一位有经验的渔民，即便离开大海很远，也能听见大海的潮声。圣贤大哲倾听内心的声音，能够为时代与历史把脉。

在有声处倾听一下无声吧。这是一个急躁而喧嚣的时代，有人形象地比喻："我们就像住在一个闹腾腾的房子里，每个人都在放大喉咙喊叫。为了让他们听到我说的话，我只好比他们还大声。于是没有人知道别人在讲什么。"在各种噪杂的声音中，倾听，需要分辨，需要我们用听觉和心灵排除浮躁的干扰。"大音希声"，需要练就一双敏感而聪慧的耳朵。

先知的声音总显得微弱，但人们选择了它，即避免了盲从和愚昧。政治家选择倾听底层民众的声音，能历练出开明和睿智，从而有善治。什么是时代的最强音，文艺工作者若是能捕捉到，定会创作出精品和佳作。倾听求助者的呼号，为民间疾苦而动容，世间才有了慈善家，才敞开了富饶与仁慈的口袋……

因此，你听到了什么并不重要，重要的是，你选择了倾听什么。

一座电影院的重生

巴勒斯坦约旦河西岸的杰宁，是个充满战乱和炮火的地方。一些极端组织扎根于此，这里是恐怖的温床，而且是自杀性爆炸人肉炸弹的来源地，自杀袭击者几乎一半来源于此地，被称为“自杀袭击者”的摇篮。

2005年的一天，巴勒斯坦小男孩哈提卜持枪上街。他没有料到的是，就在刚刚过去的几分钟前，这个地方发生了骚乱，有人向以色列士兵的吉普车投掷石块。

吉普车向前行驶，以色列士兵正好看见了持枪的哈提卜。

一阵激烈的枪响，哈提卜倒在血泊中。事后，以色列士兵才发现，哈提卜手中所持的，不过是一只仿真度很高的M－16玩具枪。

哈提卜旋即被送往兰巴姆医疗中心。不幸的是，两天后哈提卜在医院不治身亡。哈提卜的父亲悲痛欲绝。

出人意料，哈提卜的父亲贾玛尔，这位坚毅的阿拉伯男子，忍住丧子的悲痛，做出了让所有人都震惊的决定。他决定捐献哈提卜的器官，而且捐赠的对象是以色列人。

于是，六名以色列人接受了手术，移植了哈提卜的心脏、肾脏、肝脏和两个肺。

贾玛尔唯一的要求是，他希望能与接受儿子器官的人们见面，看看他们是否健康。“最重要的是，我想见见他们，这让我觉得儿子依然还活着。”

六名以色列人，因哈提卜的器官而健康地活了下来。

当时的以色列总理沙龙深受感动。他要求哈提卜的父亲到他的办公室，接受一位总理的私人道歉。

小男孩和他父亲的故事，感动着千千万万的人。

德国电影人费特尔被这个故事深深地打动，他将这个故事改编成电影，搬上了银幕，名字叫《杰宁之心》。在德国和欧洲各地放映。电影院里无数观众同样被深深打动，流下热泪。这部电影也因此在欧洲获奖无数。

不过，在费特尔的心里，一直有个遗憾。他非常希望这部电影，在巴勒斯坦约旦河西岸的杰宁，也就是巴勒斯坦小男孩被枪杀的地方播出。他想告诉那个地方的孩子们：生活不仅仅是流血和冲突，不仅仅是站在坦克前阻拦和扔石块……仇恨与隔阂可以消弭，但需要彼此的悲悯和宽恕。

遗憾的是，杰宁地区已没有一家电影院，早在1987年，杰宁唯一的一座电影院就已经关闭了。

于是，费特尔做出了一个决定，克服一切困难，重建杰宁电影院。为着这一目标，费特尔用尽了一切努力，而且他的举动也得到了巴解组织和民众的支持。

时隔二十年后，杰宁电影院建成并对观众开放。电影院里播放的第一部电影就是——《杰宁之心》。人们静静地看着，静静的影院里一片唏嘘之声。影片结束时，观众久久不肯离去，他们全体起立，用掌声表达对这位巴勒斯坦父亲的由衷敬意和感激。

这座影院，如今意义非凡，它被看作是“和平的纪念馆”和“哈提卜的纪念碑”。

走进这家电影院，人们自然会想起：巴勒斯坦小男孩哈提卜因误杀而亡，但他的家人却把生的希望带给了更多的以色列人。

查韦斯的阳光

一则商品房广告给我印象很深。广告这样写道：“买一米阳台，送一米阳光。”

商人是爱钱的，而阳光不爱钱；商人是诡诈的，而阳光是坦荡的、无私的、美好的。我不爱房子，房子昂贵，在城市都快成奢侈品了。阳光可以免费，因为它属于生存在这个大地上的所有事物。爱得起，因而可以尽情爱。

关于阳光，我忆起了另一件事。

2007年，委内瑞拉总统查韦斯做了一个很有趣的规定，他将本国的时间向后推迟半小时。此规定是为穷孩子们而立的，目的是让穷孩子们能“迎着阳光上学”。因为穷人区的孩子所居之地，一般都离学校较远。此前，他们为了不迟到，需要头顶着星光上学，很少能看见早晨的太阳。有一位孩子给查韦斯写信，说他已经忘记了朝阳的模样。

查韦斯有一颗温柔的心，社会的贫富悬殊让人无奈，但他希望孩子们同等地享受阳光。虽然是半小时，却引起了巨大的争议，因为时间变动，给这个国家带来了很大的影响。首当其冲的是金融业，为了适应新时间，银行和证券公司不得不召集程序员重新编写电脑软件程序。推迟半小时营业，一些商店的营业额会受到极大冲击。而一些政府部门的工作人员则要学会适应新的作息时间……困难重重，但查韦斯的心是坚定的，他坚定地要将阳光这种朴素的事物送给平凡的人。

这是位内心有光芒的人，我很认同这个人。

阳光，是上帝送给众生朴素的礼物。人人都有权分享。我常想，如果没有类似于阳光空气这样朴素的事物，在苦弱中挣扎的人们，能从何处得到慰藉？又能从何处得到公平？

爱阳光，爱清新的空气，爱在阳光和清新的空气下散步，这是平民之爱，同时也容易构成健康有序的生活方式，作为一种反向运动，借此可以抵消灯红酒绿的奢华享受带来的感官刺激。一山一石，一花一草，一虫一鱼，那些无需用昂贵代价获取的，我称它们为朴素的事物。朴素的事物，待人亲切，没有势利的姿态和嘴脸。

爱它们，深爱之，有益无害。而其他事物，则可能相反。

有位爱车的朋友，去买车的路上，他首先看到了劳斯莱斯幻影，再往前走看到了迈巴赫，要到4S店时，一辆布加迪威龙从身边擦过，他妒火中烧，由爱转恨。

一位爱房的朋友，与开发商谈好价格，回家拿银行卡再回来，一转眼半小时房价每平方米就涨了一千多，他不得不忍痛割爱。

朴素的事物，几乎是免费的，但十分美好和必要，它们时时刻刻忠于我们，爱它们，没有压力，无需攀比，也不用竞争，只需随时享用，身心永不受伤。

爱朴素的事物，能让人明白什么是生存的成本，什么是虚荣的代价。

爱朴素的事物，梭罗去了瓦尔登湖，他爱那里镜子一样的湖面；高更去了塔希提岛，他爱那里的海浪；梵高去了阿尔平原，他爱那里的向日葵。他们在喧嚣与奢华中，一无所获，反倒是这些朴素的事物成就了他们。

我爱朴素的事物，虽然在世俗的眼光中我一无所获，但这至少让我能时时走在铺满阳光的青草路上。

王妃，我想坐你的汽车

一所非洲的孤儿院里。

小女孩早早地醒来，她是不幸的，罹患艾滋病的父母早早地离开了人世，而她自己也是病毒的携带者。然而她又是幸运的，今天，她就要见到王妃了，她知道，王妃是这个世界上最美丽的女人。

终于，王妃像天使一般地降临。美丽的王妃风情万种，并且她的眼里有母亲的慈爱和无限的悲悯。

第一眼，女孩就喜欢上了王妃。王妃走过来，她的美丽让在场所有人都屏住了呼吸。王妃俯下身子，小女孩一阵晕眩，一个吻印在了小女孩的额头。王妃转过身子。

“可是，可是……”小女孩急切地大声喊了起来。王妃回头看着她，慈爱地笑了。重又回转身，微笑地看着她，鼓励她把自己内心的愿望说出来。

小女孩鼓起勇气，低声地嘟囔：“可是，王妃，我，我想坐你的汽车。”

王妃把她抱起，久久地抱着，耳鬓厮磨。然后，缓缓地走向汽车。小女孩突然响亮地哭出声来，突如其来的爱与幸福，一下子降临到她的头上，一时让她不知所措。

王妃和小女孩坐在汽车里，王妃呵护和安慰着她，此刻，王妃把所有的爱都倾注到这位不幸的女孩身上……在场的记者，抓住这动人的一瞬间，把戴安娜王妃的美丽高贵和非洲小女孩的羞怯幸福，定格下来。

这张照片广为流传，一个现代版的温馨童话，让全世界苦弱的心灵都得到安慰。

从此，整个世界都想对着美丽、高贵、慈爱的戴妃撒娇：“王妃，我想坐你的汽车。”

其实，戴安娜王妃是不幸的，她的心一直流着血。

戴安娜王妃的爱与不幸，从16岁开始，1977年她第一次遇上了比她大12岁的查尔斯王子，一位灰姑娘遇上王子，不久便穿上了水晶鞋。1981年7月29日，戴安娜与查尔斯王子举行了婚礼，当时全世界有7.5亿人通过电视观看了这一世纪婚礼。这很像一个现代童话，可惜这个童话没有持续多久。

婚后不久，由于卡米拉的介入，两人的婚姻名存实亡。对于王子的背叛，戴妃很快给出了答案。1992年2月，查尔斯和戴安娜一起出访印度，在情人节之夜，面对100多名专业摄影师和5000多名印度观众，查尔斯逢场作戏欲行亲吻。在双唇即将相碰的一瞬间，戴妃不疾不徐地把头转向左边，让查尔斯的吻，一半落在半空中，一半落在戴安娜金色的耳环上。

戴妃的爱，毫不含糊。从此，她把爱倾注给了下层人民，她心里装着全世界的苦难和不幸。她只身走过刚刚排雷的非洲大地，是为了抗议，也为了保护这些苦难的民众。她关爱艾滋病人，让他们获得救治和尊重。她热衷参加各种公益活动。她把爱播撒给全世界千千万万的病患者、残疾人、贫困的人、未受过教育的人。

她也因此赢得了万民的爱戴。1997年8月31日，戴安娜王妃不幸遭遇车祸去世，民众自发悼念的鲜花在伦敦肯辛顿宫前堆积如山，全世界的人都为这朵英格兰玫瑰的凋谢而哭泣。

澳大利亚的土著孩子举着横幅悼念王妃，上面写着：“你温暖了我们的心灵”。当时的联合国秘书长安南说：“戴安娜王妃的死使世界的贫困者和老弱病残者失去了一个重要的人道主义的声音。”一位最有魅力、最有影响力、最能对民众的苦难感同身受的人走了。

从此，人间再没有童话可以述说和传诵。

这些年来，我也再没有听到一位小女孩的声音。

——“王妃，我想坐你的汽车。”

耶路撒冷之痛

耶路撒冷是个古老而又神秘的地方，是历史名城、宗教圣地。圣殿山更是圣城中的圣城，每年的11月9日，也就是圣殿山毁灭纪念日，历尽苦难的犹太人如潮水涌来，聚集在圣殿山脚下，面对着一堵墙哭泣。

这是一堵长52米、高18米的围墙。巨大的石灰岩黝黑冰冷，朝露与暮霭渗透其上，湿漉漉的墙体上，似曾留有人的眼泪。

这里汇集了犹太人内心的疼痛。公元前十一世纪古以色列大卫王统一犹太各部落，建立了以耶路撒冷为中心的以色列王国，大卫的儿子所罗门王在圣殿山建立圣殿，存放约柜和诺亚方舟。圣殿气势恢宏，雄伟壮丽。

公元前586年，巴比伦王入侵并摧毁圣殿，赶走犹太人。直到公元前538年，波斯王居鲁士灭了巴比伦后，犹太人才得以返回，于圣殿的废墟重建圣殿。不料，公元70年，罗马王镇压犹太人起义，竟将重建的圣殿彻底焚毁，只留下西墙墙基的一段。后人收集墙石，在墙基上垒起一堵墙。

曾经国破家亡的记忆与颠沛流离的经历，总会在犹太人面对这堵墙时，刹那间涌上心头，以致泪流满面，大声啜泣，这堵墙也因此被人们称之为“哭墙”。

特别是“二战”期间，惨遭德国法西斯杀害的犹太人达六百万之多。这些惨痛的历史遭遇，深深地印在犹太人心中，哭墙更被犹太人视为信仰和团结的象征，也正因为如此，它吸引了来自世界各地的犹太人。

渐渐地，它吸引了世界各地的游客，游客们蜂拥而至，都想体验犹太人重返耶路撒冷的悲怆。

这是一处悲伤宣泄的出口。最初，人们只在11月9日这一天来到这里，后来，当他们需要心灵的慰藉时，自然而然就想到了“哭墙”。这里，犹太人通过哭泣，疼痛得到缓解和抚慰。

所以，现在的每天都可以看到，犹太男女分成两拨分别在“哭墙”的两面祈祷，他们手捧《圣经》，呼唤着亲人的名字，一边祈祷，一边哭泣。在哭墙的前边，可见一排排椅子，有些人坐在椅子上，对着哭墙，终日以泪洗面。

令人思绪潮涌的是，一个小小的细节。

在这里，人们可以把自己的悲伤和心愿，写成字条，塞进哭墙砖块与砖块之间的缝隙里。这不是某个人的发明，而是来这里的人们——共同的心愿。于是，缝隙里的字条，不仅有犹太人的，更有来自世界各地的旅游者。

这些字条，也可以供给其他人打开阅读。

于是，人们从这里读到了别人的疼痛。

那些带着伤的文字，像折断的翅膀，在阅读者眼里沉重地飞翔：

一位伤心欲绝的老妇人，思念着逝去的亲人，她亲昵地呼唤着他们的乳名，希望他们像白鸽一样飞回来……

一个小男孩，想念在冲突中死去的妈妈，他的心愿是，在这片土地上再也听不见枪炮声，他做了一个梦，梦见自己在绿色的花海里，触手可及的是绿色的橄榄枝……

还有那些无穷无尽的希望。希望亲人们在绝症中康复，在孽海中回头，在险境中幸存，在苦难中幸福。每个心愿都像一只受伤的蝴蝶，带着疼痛飞翔。

四面八方的人们汇集到这里，人们愿意来到这里，来到这里——痛着别人的痛。谁的心灵里没有疼痛？而这个叫“耶路撒冷”的地方，这个叫“哭墙”的地方，汇集了世界上所有的疼痛，并为疼痛找到了出口。

把疼痛折叠起来，收藏在一堵墙的缝隙里，留给过去，或者未来的岁月，留给自己，或者他人。抚慰别人的心，淡化自己的痛。擦干泪水，相视一笑，彼此搀扶，走过人生艰难的一程。

耶路撒冷的痛处，仿佛成了世界各地人们心灵的诊所。能看到别人的疼痛，才意识到自己的疼痛并没有想象的那么深；读到别人的愿望，才知道别人的愿望原来比自己的更美好。

掌心里的橘子

去医院探望熟人。

轻声地问候和祝福，让病中的人获得了些许慰藉。病床旁边，躺着位老先生，或许是听觉的原因，大声的嚷嚷。

他在说一件事。

床边是一位老太太，轻手轻脚，低眉顺目，或许在一起生活多年的缘故，似乎对老先生的嚷嚷，习以为常。

听了一会儿，老先生是在说有关橘子的事。老先生要吃橘子，看起来，他是个急性子，等得不耐烦。便不由得责备起来："人老啦，真不中用，你看这老太婆，让她拿个橘子，她一直放在手心里，足有五分钟了，动作这么慢！以前可不是这样啊！"

老太太轻声地解释："不是慢哦，也不是把橘子忘在手心哦，你还不知道自己的毛病？”

两个人，声音一高一低地对着话。

明白了。原来，老先生患有严重的气管炎，一到天冷，容易咳嗽，尤其吃生冷的食物，更容易咳嗽，可是，他爱吃橘子；老太太把橘子握在掌心，是想让掌心的温度，将橘子焐热。每到冬天吃橘子，老太太总会把橘子握在掌心焐上五分钟，再递给老先生。

妻子夸老太太真有慧心。而我想，相濡以沫几十年，爱到深处，不经意间总有温馨的细节在潜意识中流露出来。只是在冗繁的生活中，这些细节像金子埋在沙堆里，秘而不宣而已。

身边常有看似好好的一对夫妻，忽然间就离了。原因也不是什么大不了的事，都是指责对方对自己不够关心，不够理解，不够体贴。不断摩擦，由小生大，终至水火不相容。其实，生活好了，物质上什么都不缺。缺的就是，这“握在掌心的橘子”吧？

迎着傍晚金色的暖阳，我常常在郊外散步。也常常想到那对老夫妻。尘世中，每个人都得忍受自身的病痛和外界的伤害，内心常常有难以言说的痛苦和焦虑，收获一个温馨的细节，至少能获得片刻的拯救。

同时，我也想到了妻子，她很少休息，几乎在所有的时间里奔波劳碌，在夜色中疲惫归家。我想了很多，想到了所有我所爱的人……我该如何表达我内心的柔情？

在一个合适的时间，我也想把我掌心的体温，传递给他们，我想他们会明白我要说的一切。

让恨停止五分钟

周末去母亲那儿，母亲告诉我一件事：“你徐阿姨和苏伯伯差点离婚了！”我吃惊不小，徐阿姨和苏伯伯都是母亲原来的同事，都年过七旬了啊？

徐阿姨和苏伯伯一直是一对模范夫妻。苏伯伯高大英武，年轻时演《智取威虎山》里的杨子荣，浓眉大眼，神气活现，把杨子荣演得俊朗豪迈。同事们说，这“杨子荣”眼睛像机关枪，一梭子扫过去，不但能把土匪扫倒一大批，还能把台下的大姑娘小媳妇扫倒一大批。

那时，徐阿姨和苏伯伯感情好，记得他们喜欢在雨中散步，两个人共一把伞。回来时，撑伞的苏伯伯全身湿透，而徐阿姨的衣帽鞋袜都是干的。

如今，退休了，颐养天年，还闹起了离婚。

事情是这样的。退休后两老先是带孙子，相安无事。可近几年，孙子大了，老两口又回来了。回来后，苏伯伯没事就去市民广场锻炼，和一群老头老太扭起了秧歌。这一扭，扭出了问题。

其中一位老太跑来跟徐阿姨告密，不得了啦，你家老苏跟一位老太太对眼啦。徐阿姨开始不相信，后来架不住别人说，于是到广场附近确定了几个隐蔽的观察点，对老苏进行观察。多次观察得出结论：这老头，确实不老实。

徐阿姨很生气，后果很严重。她批评苏伯伯，你年轻时就喜欢瞪着牛眼到处瞟，有时我气得发抖，一直忍着，老了老了还不老实？苏伯伯开始耐心地解释，后来也生气了，说，扭秧歌就得眼睛往两边瞟，你看，这不，说着在客厅里做起了示范。徐阿姨大怒，把茶几上的一只茶碗盖拍翻到了地上。

这事后来竟闹到法庭上，徐阿姨离意已决。她要借此报几十年来一箭之仇。民庭的法官试图调解，说你们老两口头发都白了。徐阿姨说，我头发是气白的。于是滔滔的愤怒如开闸洪水，控诉苏伯伯一直不怎么老实，和这“不老实”给自己造成的伤害。法官插不进一句话，苏伯伯自然也半句也插不进。

后来一个小小的插曲，让这件事有了戏剧化的结尾。

法官让徐阿姨休息五分钟，她给徐阿姨倒了一杯开水，徐阿姨在气头上，端起杯子就喝。这一喝烫得徐阿姨足有五分钟没有出声，这一烫，客观上，也让徐阿姨的恨，停止了五分钟。一旁

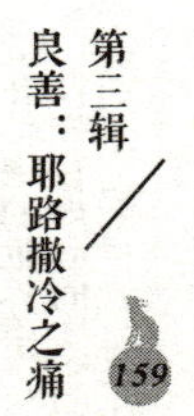

的苏伯伯脸都吓白了，苏伯伯又开始习惯性地围着徐阿姨问长问短，忙上忙下了。

说也奇怪，五分钟后，徐阿姨开口说话却再也没有说苏伯伯坏话了。她后来说，这老头此刻在她眼里，不怎么可恨了，甚至还有点儿可爱，甚至觉得离不开他。于是，在法官调解下，婚可以不离，但苏伯伯必须改变运动项目——扭秧歌改慢跑。

恨，停止了五分钟，方向竟然发生了改变。往往恨的延续，是因为惯性的驱使。让恨停止五分钟，“恨”或许变得“不再恨”，世界也会在眼中慢慢好起来。

让恨停止五分钟，痛苦会向着幸福转化。

万里未归人

“一年将尽夜，万里未归人。”儿时，父亲吟诵这句诗时，我并不知道它的意思。只知道父亲这么一吟，大雪随之纷扬了，大年夜随之到了，大块的红烧肉随之在锅里油渍汩汩地唱歌了。

这年的大年夜，我们家发生了一件挺意外的事。一家人各司其职，忙着为年夜饭做准备。突然，从一间教室里，传来我大姐一声尖叫。

一条宽阔的马路，马路边一座四合院式的小学，是我们全家的住居地。放寒假了，一间教室后面堆着柴火，我大姐去抱柴火时，看见柴火堆上坐着一个人。

风雪、昏暗、一个陌生人，这是让我大姐惊恐的原因。这个人坐在柴堆里，显然是为了取暖。当我父亲手持菜刀和火钳出现在他面前时，他不停地道歉。这人戴着很厚的眼睛，看起来不像坏人。父亲一生一腔豪情，很快就与他成了朋友。

来人说，他要回家，可是家还很远，大雪阻道，让他又冷又饿，于是来这里找个地方休息一下。天快黑了，雪大路滑，父亲说，算了，明天再回吧，今夜就留下来一起过年。母亲有点不乐意，可是，要知道，我父亲说出去的话是驷马难追的。

这样一个陌生人，坐在我们一起吃年夜饭，这一年的大年夜，让人感觉过得怪怪的。这人除了说一些感激的话，其他话都不怎么说。父亲唯恐怠慢了客人，于是话说个不停，酒喝个不停。可客人低垂着眼帘，话到嘴边欲言又止。远处鞭炮声、欢叫声、吵闹声传来，可这人始终是静默的。

突然，他将手伸进棉衣里，在贴胸的口袋里掏着什么。这一举动，让我们全家人都很紧张，父亲眼角的余光扫着一只沉重的火钵。终于，他掏出来了。他掏出的是一张磨损得很厉害的五毛钱，一家人长嘘了一口气。他说这钱是给我压岁的。

夜里，父母在一间教室给他临时搭了一个铺。这一夜让我们全家人疑虑重重，父母嘀咕了半夜，也找不到答案。这人看起来不像坏人，可是……

第二天早晨，去教室一看。人已经离开了，被子叠得整整齐齐。被单上留下了一张烟盒的锡纸，锡纸的背面写着两行字，父亲拿起来一读："一年将尽夜，万里未归人。"父亲说，这是个在外漂泊的人，他心里多想回家过年哦。

正月十五，父母带全家到集上看花灯。一方墙拥着一堆人，父母挤近前一看，布告上的照片很熟悉，父母同时一惊，继而对视。谜团解开了，通缉的人正是大年夜去我家的人，一个政治犯，那个年代政治犯很多，除夕那天他乘着看守疏忽逃了出来，大概是想回家过年，但遇大雪受阻，因此有后来的一幕。

从人堆里挤出来，母亲小声嗫嚅：“怎么看都不像是坏人呢？”父亲还是那一句：“万里未归人啊！”

用心量世事

我的脑海中，常有一个老头的影子，站在寒风中，犹如苍劲的枯竹，凉意中守住心中的“节”。

清朝哲学家王夫之，晚年讲求“溯源心性”，“我心送你三十里”便是佐证。一日送别友人，王夫之已老迈无力，仍是一程又一程。遥看长亭古道，落日欲坠，他郑重地告诉朋友：“君自保重，我心送你三十里。”

十五里外，友人想起落在王家的雨伞，遂从原路折回。见老人立于道旁，寒风中，白发摇曳，身体纹丝不动，老先生在“心送”。如果有舞台，有观众，谁都愿意做这样的“秀”。可当时只有天与地，只有寒风，只有枯草，和那位本来应该一去不复返的友人。

用心计算着时间，用心计算着路程，用心计算着友人的行速，一切都在用心，一切都在心中，一切都被心运筹和掌握，包括眷恋不舍的友情。

模仿这位老人，我慢慢地学会用心称量世事。开始“前半夜想想自己，后半夜想想别人”。

白天冠冕堂皇的借口，在夜晚，独对内心时，显得似是而非，自欺欺人。比如，因为吝啬一枚硬币，对匍匐在路边的乞丐视而不见，编造种种理由，慰藉羞惭的良知。振振有词地说：“哦，他是装的，或许他用讨得的钱在老家盖了一栋楼，许多报纸上都这样说的。”

静静地用心去体味，才能听见寒风中的呼号，才能看见跪烂的双膝，难道这些会比办公室里的空调暖气和热茶更温暖惬意？那些为自己开脱的话，还是别说了吧。

对困厄视而不见，与乞求擦肩而过，遇麻烦退避三舍，见利益而舍大义，岂非不懂君子大道，而是内心的自私被充分激活。“自我”像一条游走在阴暗中冰冷的蛇。有时，我的内心是悲哀的，冷漠，让我们内心的善还剩多少。独自用心去称量，暗夜里，怎不热泪长流。

惨死的“小悦悦”遇难时，道旁有无数路人经过。这些人都“没看见”。我相信，他们是用嘴在说话，不是用心在说话。

时常有某种道理黄钟大吕四海皆准，某种说法言之凿凿掷地有声——用心一称量，都不是真的。

与己不利的环境，心中有大悲悯的人，才会坚持用心说话。反过来说，只有用心说话，渐渐地，心中才生大悲悯。

由此，我理解了托尔斯泰。到了晚年，他的心中常怀内疚。因此素食，戒酒，放弃作品全部版权。他厌恶人情世故和亲友间的应酬，也拒绝出席贵族的宴会。沧桑一生，他似乎明白合了乎常情常理的事物中，包含了多少虚伪。他戴着草帽，穿上旧衣服，脚踏树皮鞋，在农田里干活，把全部的田地分给农民。为完成内心的皈依和忏悔，甚至不惜与妻子闹翻，离家出走……他在用心称量自己和世事，称量世间的苦难。

用心去称量，而非寻找利己的借口。人性的光芒，瞬间将整个世界照亮。

躲不开那追问的眼神

这是一个真实的故事，是美国NBC洛杉矶4频道专题节目播出的一个很感人的专题片。

美国对越战争期间，十七岁的瑞奇·路特瑞尔，被伊力诺州征为美国陆军航空兵。这个在贫民窟里长大的孩子，在命运的漩涡中茫然地随波逐流，被送往战场，开始了一场“年轻人对年轻人的残酷厮杀”。

在一次与敌人的正面交战中，面对面，短兵相接，瑞奇先发制人，开枪打死了敌人。然而，当他搜查死者尸体时，意外地，他发现了死者和他女儿的照片。死者身着草绿色军装，相貌清秀，眼神明亮。旁边的小女孩，五六岁的样子，有着和他父亲一样的眼神，清澈，明亮。那是一种固执地追问一切不解、委屈、不幸和丑恶的眼神。

瑞奇怔住了。他一下感觉到这两双眼睛盯住了自己。向他发出疑问，同时充满幽怨和仇恨。虽然此后，瑞奇的冲锋枪从没间歇射出子弹。可是，每一发子弹都让瑞奇有所顾忌，瑞奇有了前所未有的感觉，感觉一双眼睛死死纠缠着他，像神灵，像幽魂，捕捉着瑞奇每一次心灵的逃避。瑞奇想忘记那双眼睛，可是这几乎没有可能。

战后的瑞奇，回国立功受奖，娶妻生子，过上了安定富足的生活。可是，那双眼睛一直在找他说话，追问他："你为什么要杀我的父亲？"瑞奇在心里一遍一遍向她解释："我不杀死他，他就要杀死我。"可是，得到的只是片刻的安慰。不安，却如影随形，且日甚一日。

为了把自己从痛苦中解脱出来。瑞奇试着去做一件事。他写了一封感人至深的信，信中表达了自己数十年来的不安和深深的忏悔。对自己破碎了那双明亮眼睛里的期盼和一家团圆的梦想表示歉疚。他把信和照片放在华盛顿的越战纪念碑前，试图就此放下三十年来的精神重负。

或许，是冥冥中有所安排。一位同样参加了越战的黑人老兵，发现了这封信和这张照片，同样被小女孩的眼神震慑，他把这封信和这张照片发表在越战老兵回忆录中。由此，在全美引起轰动。

终于，瑞奇费劲周折，在美国驻越南使馆的帮助下，他找到那个叫"兰"的女孩。寻找的过程中，有很多感人曲折的情节和细节，令人感慨唏嘘。最终，瑞奇飞跃太平洋，踏破铁鞋，找到兰，与兰紧紧拥抱。

当兰拥抱着这位三十年前杀死自己父亲的敌人——一位进入垂暮之年的老人，兰痛哭不止。而瑞奇，更是老泪纵横。

美国的民众观看着电视现场直播。当荧屏上出现白发苍苍的瑞奇与已到中年的“小女孩”抱头痛哭的场面时，许多人的泪水夺眶而出……见多识广的美国公众，观看大片可以无动于衷，却无法抵御面前这个朴素镜头掀起的情感风暴，他们仿佛经历了一场“心灵的龙卷风”。

当苏醒的良知面对曾经的过错，内心的辩解和言词表达的歉疚，怎能让灵魂安妥？唯当互爱，唯当人与人达成宽容和谅解，才能让这个世界慢慢好起来。

爱的旅程没有尽头

1994年1月，美国普通的家庭妇女艾丽，正经历着一场婚姻的变故。婚姻结束后，她将带着三个孩子，承担一位单身母亲所必须承担的职责和艰辛。

她在一家家具厂工作，微薄的薪水，只能维持三口之家的基本生活。

某一天，她的电话铃响了。“我是红十字会的。”打电话的人说，“我从骨髓捐献登记名册中得到了您的名字。”艾丽这才想起，两年前，自己曾在当地红十字会参与了一次血液检测。当时，是为了拯救一名婴儿。

而现在，一位二十四岁的白血病患者，一位名叫兰达的女孩，正好与她的骨髓匹配。

瞬间，艾丽有些兴奋，更多的是紧张和担忧。说实在的，她根本不明白捐献骨髓到底意味着什么？而且孩子和自己的母亲也不会理解。虽然艾丽有一丝隐隐的恐惧，可是她愿意因为自己的付出，让别人好好活着。因此，她的内心，像一片绿色的草，在寒风里摇曳，新鲜又葱茏。

怀着一颗勇敢的心，3月10日，艾丽开车来到明尼波利斯市的一家医学中心，抽取骨髓。疼痛，眩晕，视觉重影，这一切过程之后，医生笑着说："艾丽，虽然你的手一直在发抖，但你最终是个勇敢的人。"听了医生的话，艾丽一直绷紧神经才懈怠下来，她感觉自己像泡沫一样松软。

等到9月，红十字会传来消息，接受骨髓移植的那位叫兰达的姑娘，接受骨髓移植成功，回到了家中。为此，艾丽感到欣喜。可是，美国的法律规定，骨髓捐献者和受助者在一年内不能相互知道对方的身份。

此后，幸福好像格外青睐艾丽。艾丽重新找到了爱，而且在婚礼上，遇到了接受她骨髓捐献的兰达。她们俩百感交集地拥抱，久久不愿分开，此后，她们一直保持联系——这就是两个人一生无法说清的缘。

然而，艾丽有一种预感，她觉得自己的幸福，就像一只风筝，线被兰达牵在手里。果然，兰达告诉她，由于在骨髓移植前进行过多次放疗，导致肾脏受损，自己又面临了新的健康问题。

不久，艾丽接到兰达打来的电话，兰达在电话里泣不成声，她告诉艾丽，如果不换肾，她就会死，而最好的肾源，就是捐献骨髓的人。这就是说，最好的肾源，来自艾丽。

艾丽呆呆地站在那里。捐肾远非捐献骨髓那么简单。医生告诉她，你得考虑你的余生是否依赖一只肾活着，还得考虑可能在一场事故中让仅剩的一只肾受损，还得考虑一只肾能否支撑正常的生活和工作。而艾丽考虑的是，如果自己出了事，几个孩子怎么办？如果他们中有人得了病，也需要肾脏怎么办？

艾丽是多么的为难，多少次她想偷偷地哭，谁叫自己是兰达唯一的希望啊？亲人的顾虑和反对，是必然的。当艾丽最终做出决定时，她感觉自己犹如浴火重生。

在艾丽向兰达捐献骨髓五周年的日子，艾丽寄给兰达一盒稠制的丁香花，在所附的字条上艾丽写道："我想我已做出了决定，但是我的一些家人还有顾虑。愿他们能改变看法。"

那一刻终于来了，那是兰达将因获得一只艾丽的肾脏而重生的时刻。艾丽躺在手术床上将被推进手术室，进行摘肾手术。兰达过来了，她紧紧握住艾丽的手，泪流满面："我感谢上帝将你这么好的人赋予了我。"

泪水溢满了艾丽的眼眶，连她自己也没有想到，她不但为一位陌生人捐出了骨髓，而且捐出了一只肾。只要他人需要，她还将捐出自己的一切。

因为从捐献骨髓的那一刻起，她已经踏上了爱的旅程，而爱的旅程没有尽头。

等等我，温暖的雪

2011年的12月6日，美国俄亥俄州的乡村小路上，芭芭拉开着车要去一家敬老院，去看望“温暖的雪”。

“温暖的雪”是芭芭拉对一位老妇人的称呼，五年前，芭芭拉在俄亥俄州巴洛克小镇的敬老院做义工时，认识了这位老妇人。那时芭芭拉的母亲刚刚死于一场车祸，意识中，她把这位年过八旬的老妇人视为自己的母亲，而老妇人莱利对芭芭拉也是视同己出。

五年来，芭芭拉一旦有空暇就试图为莱利做点什么。芭芭拉是个害羞的人，她想喊莱利一声妈妈，可总难以启齿，莱利有一头银发，芭芭拉喊她“温暖的雪”。几天前，莱利打来电话，说自己的呼吸道有点问题。

芭芭拉开车前行，车转过了几个弯道，快要进入高速。这时，危险已不知不觉站到了芭芭拉的右肩。一位黑人小伙子想搭个便车。芭芭拉有一种不祥的预感，可是她没有多少犹疑，就打开了车门。

上了高速，车内的气氛似乎瞬间变了。“见鬼，你得听我的，否则杀了你！”她感觉腰间有威胁时，除了服从已别无选择。这种事，在美国是经常发生的，一个单身女人在一般情况下遇上黑人小伙都选择绕道而行。一阵恐惧之后，芭芭拉用眼睛的余光瞟着身边的人，黑人小伙也就十七八岁的模样，年龄和自己在耶鲁大学读书的儿子相仿。不同的是，他的情绪很激动，眼神里充满暴戾之气。

他开始给警署打电话，索要赎金。用的是粗鄙的土语，而且握手机的手抖得厉害。这样的情绪状态，芭芭拉估计他什么事都能干得出来。

芭芭拉试探着劝他放弃。而他用凶横和暴躁压制着芭芭拉的企图。他说，他可以选择人与车同归于尽，这在高速上是很容易做到的。

不一会儿，这条高速的上空，警察的直升机像蜻蜓一样飞舞，后面的警车不远不近地跟随，警笛鸣叫。手机响了，芭芭拉请求接个电话，电话是“温暖的雪”打来的。

就在几天前，老妇人莱利住院了，她在电话里用微弱的声音对芭芭拉喊：“孩子，快来吧，我撑不住了，你‘温暖的雪’快要融化了。”芭芭拉的泪水溢出了眼眶，芭芭拉说：“请等一等，等着我，我还未喊你一声妈妈，在你临终之前一定要听我喊你一声妈。”

喊一声妈妈，既是生活中的常态，又是上帝的恩赐，未必人人都有这样的机会。比如，这位黑人小伙就未曾喊过一声妈妈。

接下来，上演了美国劫持人质史上很少见的一幕，黑人小伙同意把车开到俄亥俄州立医院。他想放了人质，让人质下车去医院喊一声“妈妈”，而自己开着车逃避警察追捕。

情况发生了逆转，下午一时许，俄亥俄州立医院门口，警察如林，芭芭拉迫不及待向莱利的病房奔去，而黑人小伙子也被带上了警车。事后了解到黑人小伙子叫哈里，孤儿院长大，因盗窃坐监三年才出狱。

在莱利太太的葬礼上，芭芭拉相信，“温暖的雪”确实融化了，但留下了温暖。正是老太太临终前的请求，拯救了自己和黑人小伙哈里。在后来的日子里，哈里被起诉，但芭芭拉当庭向检方求情：哈里并没有耽搁自己与莱利太太临终相见。既然劫持逆转，案情，或可逆转。

大道是敬畏

傍晚散步，走到一处，我停下来，心中感到悲哀。此刻我听到了巨大的水泥搅拌机和打桩的声音，声音十分巨大嘈杂，而旁边就是某所中学。这样没日没夜地喧嚣，我不知道孩子们该如何学习？

莫言获了诺奖，这应该是国家一大幸事。可是，我在一些网站的跟帖里，竟然看到了对莫言的人身攻击和谩骂。归根结底，他们的意思是，获得诺贝尔奖没什么了不起。

以上两件事足以让我沮丧。教育和文化，向来被人看得很神圣，现在人们把它不当一回事儿——中国人的心里已丧失了敬畏。

要说到仅存的一点敬畏，我尚能体会到，在我的身边，人们敬畏权力和资本，可能因为这两项直接影响他们的生活，能够制服他，压迫他，折磨他，他才反过来敬畏之。这种心态类似于“斯德哥尔摩情结”，1973年，斯德哥尔摩的劫匪劫持了几个人质，被警察解救后，人质相反埋怨警察，其中有位女人质竟然爱上了一位劫匪。同样的道理，不健康的社会，人们敬畏的往往是迫害他的事物，什么对他狠，他才怕，进而敬畏它，甚至爱上它。

良性的社会，人们总是敬畏神圣和崇高，敬畏人类文明积淀下来的成果。上帝、神灵、文明、文化、道德、历史，被人们尊之仰之，各有所敬各有所畏。俗人的世界里，总统敬畏法律，公民敬畏良知；哲人的敬畏更为玄妙一些，康德敬畏“头顶的星光和内心的道德律”，索尔仁尼琴敬畏真理，他觉得“一句真话比整个世界的分量更重”。

韩国曾有十一名议员，为抗议日本修改教科书，在日本使馆门前断指。他们敬畏真实的历史，不容它被肆意扭曲和玷污。因为敬畏，他们为捍卫心中的神圣付出了代价。

生活的周围，我几乎看不到人们敬畏什么。那些心中没有敬畏的人，客观上是要让别人为他付出代价。交通路口那些飞车夺命的司机，他们连红绿灯也不敬畏；那些造假药毒胶囊毒奶粉的商人，连人命也不敬畏；那些拼命往蔬菜水果上喷农药的贩子，连健康也不敬畏……肆无忌惮是可怕的，你之心中无敬畏，他人即无安全感。

清华大学社会学系孙立平教授曾说：“中国需要一场社会变革，需要一场社会进步运动。社会进步运动的目标是什么？三句话，制约权力，驾驭资本，制止社会的崩溃。”

人为的灾难一桩接着一桩，恶性事故一件接着一件，以致每天清晨我很害怕点开网页，一打开就被或浓或淡的血色染红了视线，这些本来都是可以避免的，因为掉以轻心，因为肆意妄为，归根结底是因为人们心中没有敬畏，才酿成了这一切。或许，这只是个开始，社会问题将越来越多、越来越大。

大道是敬畏。只有人们心中有了值得敬畏的敬畏，则个人能行己有耻、进退有据，社会有公平良序、嘉行懿德。

“子曰”一生

“子曰：学而时习之，不亦说乎！有朋自远方来，不亦乐乎！人不知而不愠，不亦君子乎！”

童音响亮，我黎明即起，早诵夜课。

父亲大悦，半部《论语》治天下，你这样读下去，查门有望矣。我心里想的不是“查门有望矣”，而是想讨父亲高兴，免一些棍棒。因为我心里很清楚，父亲爱“子曰”胜过爱“子女”。

家贫，每天的菜肴都是白菜萝卜。父亲却很快乐，用筷子敲打碗碟：“子曰：贤哉，回也！一箪食，一瓢饮，在陋巷，人不堪其忧，回也不改其乐 ，贤哉，回也!”他的意思是鼓励我们大啖萝卜，见贤思齐。而最初，母亲以为萝卜烧咸了，把此“贤”理解为彼“咸”，还需再加一瓢水？我和姐姐则以为“贤哉回也”是萝卜的别称。放学回家，问姐姐中午吃什么，我姐姐说，又吃

“贤哉回也”！那时最大的愿望是，如果有一头猪叫“贤哉回也”就好了。

父亲穷而好义。有一年春天，附近村子死了一头牛。父亲秤上一斤牛肉，扔下十元钱。说你们死了牛，是件大事，又赶上春耕，我十分心痛！那时牛肉只要三毛钱一斤。队长过意不去，夜里执牛头相送，父亲奋力地用瘦弱的双肩抵住两扇门，大呼：“子曰：人而无信，不知其可也。”意思是，我都说了不要找零了你还要送牛头来，我说话不算数今后怎么做人啊？“信”与“义”都是好东西，瞬间引爆了父亲瘦小体腔里的爆发力。他愣是把两扇门合并起来，并且栓上了门栓。

母亲常常看着空空的米缸感叹，世上的孬子都知道把米往家里讨，你们的父亲却把钱往外送。父亲走过来“嘿嘿”地笑笑：这正好说明了问题嘛，子曰：君子喻于义，小人喻于利。其时，父亲工资只有四十五块五毛钱，一半要用来接济周围的人。偶尔，路过做红白喜事的人家，父亲摸摸口袋，惭愧地跟人家说，我确实没有钱送了，这样吧，我帮你们写写字。父亲一笔字，颜骨柳风，人家求之不得，事后都被收藏。

在我的记忆中，父亲就这样奉“子曰”为圭臬，处处以“君子”的风范来自我约束。他的内心是宁静而充实的，而且充满了随时可以引爆的道德能量。秉持“子曰”之剑，剑锋所指，尽是世间的艰难、苦难与不公。时而显得强大，时而又显得脆弱。

一年秋天，西风漫道，黄叶纷飞，父亲病得很重。这是父亲最后一次说“子曰”了。探病者不胜其悲，父亲则从病榻上奋力抬头，说，司马牛问君子，子曰，君子不忧不惧。生死听于天命，还是不忧不惧为好。最终，他不忧不惧地走了。

离去多年，不知为什么，我现在总是不由自主地想到他，我知道他是个君子。时时祭起“子曰”大旗，风度凛然，离圣贤很近。这个想担当道义而又人微位卑的读书人，当理想与现实产生巨大落差时，一种强大的力量源自内心，他找到了犀利的应世武器，那就是神圣的“子曰”，因而“子曰”了一生。

人性暗箱

我们希望看到人性的一树繁花，实际上看到的只是卑微的小草。每个人都面容平静地走在路上，他们把猥琐和不安交给独自的暗夜。人性，像山岗上朝阳的岩石，有阳光下的熠熠反光，亦有缝隙里的幽暗。

电影《辛德勒名单》中的辛德勒，给人感觉简直是个圣人。导演斯皮尔伯格深谙赢得票房之道，让辛德勒阴沉着脸，陷入救人的道德焦虑。辛德勒固然是好人，可是斯皮尔伯格为了票房，也为了让主题更集中，于是规划了辛德勒性格的单一走向。

我后来看到一则关于辛德勒的资料，其实辛德勒的一生是吃喝嫖赌抽的一生，也是坑蒙拐骗偷的一生。他热爱妇女，风流成性，挥金如土。喜欢向人借钱，而且借钱不还。不过这一切并不妨碍他救人。他不是一个完人，他有自己的人性暗箱。人们之所以爱他，是因为他光明的正面比谁都光明。

相反，那些看似没有短处的人，同样也没有什么长处，一生也可能不曾做一件好事，这些人注定是平庸的，时间的长河里，他们的名字仿佛被写在沙滩上，一浪打来，留痕即消。人性有暗箱，承认这一点，矗立在我们面前的人，可能更为立体。

美国总统小布什，他的整个家族，一直跟一位牧师较亲近。小布什自从下决心想当总统，就跟这位牧师往来频繁。小布什也懂得他人即地狱的道理，可是一般人信不过，牧师还信不过？于是，他把自己暗箱里的东西一股脑儿都抛给了牧师。

孰料，后来牧师背叛了他。不知是为了出名还是为了赚钱，或者二者兼有之。总之，他把小布什卖了，他写了一本书，在书中揭发小布什年轻时抽大麻。眼看小布就要栽了，不料峰回路转，美国人非但没有扔臭鸡蛋，而且对此事的反映是积极的、正面的，事件的方向，出人意外地朝着有利于提高布什支持率的方向发展。

我从这件事，解读出两层意思：一是暗箱不会永远处在暗中，只要存在都会曝光，连牧师都会背叛，你还有什么依据相信，自己的暗箱会在这个信息发达的世界被秘而不宣地隐藏？二是暗箱里所藏之事，是大恶还是小错，这是个实质性的问题。

大恶还是小错？这是我们每个人在暗夜中翻检自己的暗箱时，应该考量的问题。需要问一下自己，暗箱所藏，是否大众可以宽容、自己亦可谅解？直面内心的冲突，找出“皮袍下的小”，目的是让自己人性的暗箱，在日后偶然曝光时，不至于自裹遮羞布，别人袭之臭鸡蛋。

第四辑／

△

毅力：

可可西里之魂

穿越英吉利海峡的呼吸

当利斯特抵达加来港时，码头上响起了《我们是冠军》的激昂乐曲和胜利号角。利斯特受到了人们迎接英雄凯旋式的欢迎。

英吉利海峡的狂风恶暴，让健全人尚且望而却步。而这位叫希拉里·利斯特的英国妇女却是一位四肢瘫痪，只有头、眼、嘴能够活动的高度“残疾”人。然而她创造了一个奇迹，仅靠“呼吸”独自驾驶帆船成功闯过了英吉利海峡，

现年33岁的利斯特，自幼喜爱运动，17岁时，被确诊患有罕见的“反射性交感神经营养不良症”。到了1999年，利斯特结婚时，连胳膊也不能动弹。孤寂的时候，利斯特想到了自杀。可是，利斯特连自杀的体力也丧失了。

2003年，一位邻居带利斯特去做了一次航海旅行。利斯特爱上了航海，从此他的生活重新恢复了乐趣。她萌生了一个念头——

独自驾帆船横渡英吉利海峡。这念头连她自己也觉得不可思议，利斯特的丈夫很担心："她这么做绝对是太疯狂了。"但利斯特已经义无反顾了，她决计要完成她的"疯狂之旅"。

手与脚无法运动，能够活动的只有头部、眼睛和嘴，她只能利用这些了。她要通过两根特制的导管，仅靠吸气或吐气来控制帆船。利斯特一次次艰难地训练，一次次付出常人无法想象的努力，等着那一刻的到来。

启航前，在特别设计的"吸吹式"重型帆船上，利斯特连同她的轮椅一起被牢牢固定在驾驶位置上，船上有两根与控制台相连的塑料吸管。其中一根用来控制船舵，吸气时帆船右转，呼气时左转；另一根吸管则用来控制调整帆船两张帆的绞盘，使风帆伸缩自如。

这是一个激动人心的时刻，格林尼治时间23日上午7时30分，33岁的利斯特从英国东南部港口城市多佛出发，开始了横渡英吉利海峡的航程。经过长达6小时13分的独自航行，利斯特顺利抵达法国加来港。

利斯特说："挑战英吉利海峡可以说救了我一命，也给了我一种我从未想过可以再次经历的自由感觉。"利斯特的成功，刷新了四肢瘫痪者单独航行最远距离的世界纪录。

"人类一发笑，上帝就发抖。"当急促的呼吸穿越过漫漫的英吉利海峡，自由的意志已超越了一切生理和体能的局限，心灵在挑战和征服中张扬，生活中窘困的绝地将不复存在。任何看似柔弱病残的躯体，都可以塑造出如缆绳般粗壮和强劲的精神。

让疼痛拐个弯

儿时，母亲因为子女众多，疾病、劳累、贫困和对生活的抱怨，让她的情绪无端烦躁。记得她常常用粗粗的荆条抽打我的双腿。我疼痛得大哭。本想用哭声引起她的怜悯，进而得到安慰。可是母亲却锁上门出去了，我一个人被关在屋内。不知过了多久，哭声停止了。因为我发现泪水是咸的。我被泪水中的盐分吸引住了，开始用舌头舔嘴边的咸，舔干了嘴边，渐渐地，舌头越伸越长，探索的范围也越来越大。我变得专注和津津有味，忘记了疼痛，忘记了本来是要哭下去的……

几十年后的今天，我在午后的阳光中阅读。读到的，却是让心灵晦暗的文字：1943年荷兰籍犹太少女埃尔加·德恩偷偷写下了一本日记，真实记录了自己及家人在纳粹集中营的悲惨经历以及内心的痛苦感受。这段“大屠杀时期的爱情”让我泫然泪下。我体会到了另一种疼痛，那是让一切疼痛在它的面前，终将变得微不足道的疼痛。

这位当时被关押在34B号营房的花季少女，用细腻的笔触真实记录了布满虱子的集中营营房，自己与集中营看守的争执，以及内心无法排遣的郁闷和恐惧。她每天看到的是一批批难友从集中营转移到“灭绝营”，生存的梦想将在那里破灭。当死神一天天临近，巨大的阴影覆压过来，少女忽然想到了自己“最亲爱的”男友，想起了和平时期那段美丽的生活。生与死，是一个问题，更是一种考验和折磨。用什么来战胜恐惧和悲伤？她选择了日记，她拿起笔，记录下当时的生活和心灵的幻想，她写道：“每天我们都要从带刺的铁丝网向外张望，直到对自由生活望眼欲穿。”时光像攀越过绝壁悬崖的藤蔓，跳过眼前的现实，生命从它的侧面拓展出意义——追思和倾诉，并把这一切记录下来。

1943年7月16日，少女德恩与她的哥哥和父母双亲在波兰索比堡灭绝营惨遭杀害。1943年7月16日——时光已老而又老，像远处泛黄的钟声，我无法想象年轻而美丽的生命如何像花朵一样被狂风恶暴摧折。无法想象一个少女面对死亡的心情和姿态。或可安慰的是，在肉体“灭绝”之前她的心灵没有提前死亡，最感疼痛的时候，她让疼痛拐了一个弯，心灵化成了蝴蝶，从泛黄的纸页羽化而出。让几十年后处在今天的我们，看到了生命在凄艳中的舞蹈，看到了幽暗中侧立的火焰，看见了一个人临渊的绝望和最终的超越。

这些朴素的文字，没有对生命的理性阐释。因为真实的经历和活生生的感性，客观上，她的每个字都显得深刻，让人颤栗。人类太多的智慧，是生存的智慧，教人在平庸的日子里打发闲暇和无聊；其实，死亡是更沉重和必修的一课。如何面对和学习死亡，没有人告诉你。你只能从这些文字中去寻找。

生命不是一个抽象的符号，也不是一个生僻的隐喻。而是肉体和意识都布满敏感神经的活生生的感知体。疼痛追随着生命，似乎与生俱来，无可避免。肉体和心灵对于疼痛的感知都有着承载的极限。如果一切都是命中注定，肉体临近着险象环生、万劫不复的绝地，灵魂只能在无可选择中选择。那就让灵魂升华而出，做一次转移。即便是最后的一刻，船可以沉没，帆却不可以停止选择风向。

改写命运需要多长时间

滑铁卢战场，拿破仑与英军展开激烈的鏖战。双方相持不下，损失惨重。此时，拿破仑最需要的是一支增援部队。

不远处，就有这样一只部队。不过，它的统帅是格鲁希元帅，这位忠心耿耿、循规蹈矩的元帅手中统制着三分之一的军队。但他的任务是，战斗打响之后追击普鲁士军队，防止普鲁士军队与英军会合。但同时必须与主力部队保持联系。

格鲁希并未意识到拿破仑的命运掌握在他手中，他只是遵照命令于6月17日晚间出发，按预计方向去追击普鲁士军。但是，敌人始终没有出现，被击溃的普军撤退的踪迹也始终没有找到。

隆隆的炮声从远方传来。副司令热拉尔急切地要求："立即向开炮的方向前进！" 几个军官用印第安人的姿势伏在地上，已辨别出开炮的方向。所有的人都毫不怀疑，拿破仑已经向英军发起攻击了。传来炮声的地方，正是拿破仑所在的位置，而兵稀将少的拿破仑急需增援。

可是，格鲁希犹豫了。他习惯于惟命是从。在他的意识中，拿破仑的命令至高无上。拿破仑的命令是让他——追击撤退的普军。

将士们仰望着他，等待他最后的命令，一个即将决定法兰西未来命运的决定。热拉尔甚至提出可以带自己的一师人马和若干骑兵分兵驰援。格鲁希答应考虑，然而他考虑了一秒钟，仅仅只考虑了一秒钟。做出了决定，答案是——不。因为他的意识中"追击普军"始终主宰着他的思维。

一秒钟，决定了他的命运、拿破仑的命运和整个欧洲的命运。溃败如暴雨倾泻时，拿破仑怒问苍天："格鲁希在哪里，他究竟待在什么地方？"而格鲁希因为心中有成文的命令，所以始终不去倾听远方炮声的召唤。

人们往往把命运交给漫长的一生去隐忍和磨砺。平淡的时光犹如暗夜长彻，唯有那决定性的一瞬，像闪电撕破夜幕，照亮无边的黑暗。那闪耀的一秒钟，它开启智慧，辨别方向，决定成败。然而，这样的一秒钟为数不多且稍纵即逝。你为它做好了准备吗？茨威格说："命运鄙视地把畏首畏尾的人拒之门外。"

穿针时，才想起没有左手

钢铁大王卡耐基去往纽约市中心一幢高层建筑物，他要乘电梯到高层一间写字间。电梯里，他遇上了这位开电梯的人。这人的左手被齐腕砍断。

卡耐基既是钢铁大王，又是一位成功学家，他撰写的大量励志书籍脍炙人口，深受年轻人喜爱。随时随地思考人生，成了他多年的习惯。

于是，他问这位没有手的人，会不会因为没有手感到难过。得到的答案，让卡耐基大感意外，开电梯的人说："噢，不会，我根本就不会想到它。只有在要穿针的时候，才会想到这件事。"

举重若轻，诙谐幽默。谁会真的相信，没有手的人，只会在穿针的时候才想到手。只是生活中趋利避害的法则告诉人们，对已经发生的或别人发生的事，不妨以平常心对待。

哈佛大学有一句校训：对待必然之事，要轻松承受。

能够接受已发生的事实，这是克服任何不幸的第一步。

著名学者马尔登说："不安和多变，是形容现代生活的贴切词语。"不安和多变，让现代人生活在惶恐中。"没有手"的事实，处处存在，什么时候才想起没有手，这才是问题的关键，生活的艺术。并非没有想起，而是不必去想。

与那位失去左手开电梯的人相反，我身边太多的人，在完好地拥有"左手"时，总会不安地想到某一天会失去"左手"。他们在想，假如有一天我失去工作怎么办？假如有一天失去健康怎么办？假如有一天无力赡养老人怎么办？假如有一天孩子不能成才怎么办？

一位在地面上生活的飞行员，日常生活中同样有太多的郁闷。可是，飞入高空，就摆脱了烦恼。他描述道：当我从高空往下看时，看到人如蚂蚁，屋如火柴盒，一切事物都是那么微不足道。下了飞机，整个人就开朗多了，很多从前想不开的事情，都已不再那么在乎了，再也不那么计较了，因为心境已全然不同。

"穿针时才想起左手"是面对不安生活的一种理性的心态。包藏着惠特曼诗句中所隐含的智慧："要像树和动物一样，去面对黑暗、暴风雨、饥饿、愚弄、意外和挫折。"

与黑熊拥抱

我的手头有一本美国经济学家弗里德曼的《生活经济学》，作者在书中援引了一则小故事。两个人在森林里碰到一头饥饿的黑熊，其中一人转身就跑，另一人喊道："逃不掉了，熊跑得比我们快。"跑的人回答："我跑不过熊，但我跑得过你。"

卡尔维诺说："在科学中，一切沉重感都将消失。"弗里德曼的自负在于，他觉得这个故事能形象地说明他想说明的道理——策略与效率。而我觉得，如果人人都信奉这个故事，温情将不复存在，社会将陷入"丛林社会"。

我试着将这个问题，去和网上的一位网友讨论。网络上畅言无忌，彼此能坦诚相见。他说，经济学是科学，在科学的视野里，人都是工具。其实经济学面对的对象是人，所以经济学里的行为，必然有人的情感参与。我让他就这件事说得具体点。他说，如果我是森林里那位遇熊跑得快的，另一个人的身份，会决定我跑得快还是跑得慢，甚至是跑还是不跑。

于是，有了他的以下假设。

如果另一个人是素昧平生的陌生人，我可能连个招呼也不打，趁其不备，撒腿就奔，以便让他在未起步时，就被黑熊拥抱，填饱熊的肚皮，放弃对我的追捕，这样更安全。

如果是同事、亲戚或朋友，我会向后扭头，朝他们喊，加油！快跑啊！从主观上希望两个人都脱离险境，终究谁能逃脱，凭天意加人的本领。

如果是情人，我会跟她说，亲爱的，即使进了熊的肚皮，我们都要在一起。我要背着她，能跑多快就多快。

如果是妻子，我会牵着她的手，口气多少有点埋怨，不能光靠我一个人，你也要跑快点哦。

如果是儿子或我母亲，（此处网友做了较长时间的停顿）我将向黑熊走去，主动与黑熊拥抱，让我先填填它的肚皮，让它忙于消化，以便母亲或儿子脱身。

……

这种假设没有伪饰的崇高，比较符合真实的人性。不过人向黑熊走去，与饥饿的黑熊拥抱，会产生多么大的恐惧，需要多么大的勇气，除了置身现场，很难感受得到。但作为一种主观上的想法，是可以成立的。向逃逸的反方向走去——正是这一点击穿了弗里德曼的自负。人的情感往往会藐视效率的法则。

在道德家那里，这则故事将引发苦大仇深的控诉；若是作为高考作文，必然让考生抓耳挠腮左右为难；我是一名作者，我总是怀着天真而温暖的想法，想用鹅毛笔将读者引向飘满天鹅绒的世界。

是夜，进入了梦乡，梦中那位即将和黑熊拥抱的人，竟然是我，眼望黑熊锋利爪牙，我恐惧得浑身打颤。身后是母亲和儿子，我大声地吼叫着给自己壮胆，进三步退两步。突然，黑熊停止前行，束臂肃立，泪光闪闪……

画出最丑的自己

萨本哲是当代土耳其超级富豪，其庄园和产业几乎覆盖了土耳其大部分国土，一种为“SA”的符号是他的产业的标志。而土耳其的国民，对“SA”符号意味的稔熟，如同每天早晨开门看到阳光。

然而，这位富豪有个令人大惑不解的怪癖。他供养着一群土耳其最好的漫画家，在一间豪华的大厅，他让这群漫画家随心所欲，画他萨本哲的漫画，谁画出了最丑的萨本哲，谁就能得到大大的一笔奖励。结果，萨本哲的每一个丑陋之处，都被无限地放大和夸张。这群漫画家整天琢磨、挖掘着萨本哲的“闪光点”，甚至一颗小痣，都被演变成乌鸦的脑袋。

工作之余，萨本哲徜徉在大厅，一幅一幅地欣赏着靓照。他很快乐，他看到了在美酒、鲜花、掌声和赞誉前那个不一样的自己。

公众不理解的是，就是再想了解真实的自己，他也可以照照镜子，何必拿自己的相貌开涮？

其实，人对自己的相貌都很介意。传说中有位又瞎又瘸的国王，为了掩饰自己的上述不足，竟砍了两位画师的脑壳，真实再现不行，严重脱离真实也不行。血的教训之后，才有了第三位聪明的画师，画上国王一条腿蹲驻石头上，拉弓瞄准的杰作。

与萨本哲相反，世人想到的无外乎都是，如何美化自己。去看看那些各色人等的照片，就知道他们对自己形象的珍爱。去看看照片上的人们：立于雪地，握一把雪，以示浪漫；陷入沙发，手撑下巴，状若沉思；置身平地，目视远方，表明其志不在小。即便伟人也概莫能外。

有人说可能萨本哲很另类，有人说可能萨本哲很风趣，有人说可能萨本哲很有幽默感，有人说可能萨本哲喜欢真实，有人说萨班哲是在惩罚自己。

可是，我觉得萨本哲是在做一种心理体操。因为萨本哲幸运亦不幸。这位超级富豪育一儿一女，不幸的是，一儿一女，均有弱智的残障。现实的真实总是残酷得让人寒彻肺腑。作为一个父亲，谁也无法接受。生活的磨难，意味着让你选择——那些你不想做出的选择。

画最丑的自己，一点一点去接受。如果看到最丑的自己，依然那么开心，那就意味着已经成功地训练自己爱上了生活中的缺憾。是的，它很丑，但你必须爱它，否则无法接受。生命的宽广，正在于接受那些宁死也不想接受的事实。

每一艘船都是一座孤岛

这是单人无助帆船史上绝无仅有的一次航行。吉姆·希拉克从秘鲁出发，帆船将驶向澳大利亚。而这一年，吉姆已经57岁——这是一个许多帆船运动员都将退役的年龄。

帆船只有二十三英尺长，用来睡觉的船舱仅七英尺。这七英尺的方寸之地，还堆满了各种收音机和通讯设备。使得他在船舱中不能坐起，直立身体。他只能躺着。

更为糟糕的是，从秘鲁出发后，他发现自己没有带开罐器，继而煮食的燃料也消耗殆尽。恶劣的环境和船上短缺的物质条件，将希拉克推向了生存的死角。

无助帆船，“无助”二字意味深长。无助的希拉克知道，当下的情景，只有和自己的生命讨价还价了。他不得不虐待自己：每次睡眠不足九十分钟，一天定量只摄取六千卡路里的食物。没有燃料的条件下，不得不食用脱盐浸泡的冷面条。由此，体重竟减轻了六十磅。

在别人看来匪夷所思的旅行中，希拉克却出人意外地获取了搏击海洋的欢乐：与五十英尺的海浪搏斗；与游轮相撞后的劫后余生；与十一英尺长的大白鲨周旋；和一群大雅马哈鱼交上了朋友。预计五个月的行程持续了九个月。

最后的厄运，似乎将成灭顶之灾。距离彼岸三十多里处，恶暴裹挟着狂风打来，希拉克的头部重重地撞在甲板上，落入冰冷海水中的希拉克陷入了短暂的昏迷。没有人相信，在此情形之下，希拉克能游完三十多里，最后游到了岸边。然而希拉克成功了。

吉姆·希拉克，终于成为首位单人无助成功穿越太平洋的人。惯于追捧英雄的人们蜂拥而至。吉姆只说了一句话：“每一艘船都是一座孤岛，无法依靠任何人，只有你体内潜伏的力量能够帮你。”

个体生命，都是单人帆船，独自驾驶去航海。你会发现，自己就在孤岛，因而无助。绝处逢生，原因是你不再依赖，也无可依赖。这时，体内的潜能才会悄悄爬出来帮你。

日常生活中，把自己想象在孤岛，或许自我力量更为强大。

用睫毛写完一生

如果没有一场突如其来的灾难，博比的事业可谓一帆风顺。39岁的他，当上了法国妇女周刊《她》（Elle）的主编，这是一份世界闻名的出版物。

生命中总有无法预测的意外，在一次与女儿前往歌剧院的途中，因为一根血管破裂，博比从光明的天堂跌进了黑暗的地狱。他患上了一种罕见的怪病——闭锁综合症。他瘫痪在床，肢体和器官都不能动弹，唯一能够控制的肌肉，只剩下左眼皮。

痛苦正在于此：肉体失去了一切能力，而他的智力却完好无缺。他不能用语言、动作和表情来表达自己内心的情感和想法。生活和一切与外界的联系，都被自己不能动弹的身体禁锢起来，他成了“死去的活人”。以前那个意气风发，风流倜傥，事业蒸蒸日上的强人，如今只能被囚禁于床枕。

或许是一种巧合，一位叫“菲舒”的语音女医生，发现了他仅存于左眼的表达能力，并开始帮助他学习说话。把字母牌一个一个举到他的眼前，如果字母是他所需要的，便让他闪动睫毛，她记录下来。

潜在的力量被重新唤醒。自信和快乐充溢心间。博比对每一个前来造访的人“说”——我浑身是劲。

一个奇迹旋即被创造出来，博比靠睫毛的闪动，写出了一本自传体的书。或许，对正常人来说，这只是完成了一项日常工作，而博比靠的是一个字母一个字母的挑选和敲定，其艰难程度令常人难以想象。

这是一本充满力量与斗志的书，书的名字叫《潜水铜人与蝴蝶》，人们从中读到了潜藏在一个人内心那种澎湃的激情与顽强的毅力。书的名字同样意味深长，“潜水”的人，不能说话。与此同时，“铜人”却有着无法摧垮的意志。而“蝴蝶”源于蛹，它是蛹的灵魂，无奈的肉体即便像冬蛰的蛹，灵魂却可以羽化而出，自由飞翔。铜人的硬壳里，藏着一只轻盈的思想蝴蝶。

正如博比在最后的访谈中所言：“因为即使在我像蝴蝶飞来飞去的想象极端里，残疾比人强，最好的战略是随遇而安。”

一书风行，出版社以每版加印四万册的印数来演绎盛况。正当满城争说博比时，一个意外发生了。博比离开了人世。所有人都为之遗憾，然而博比自己却没有遗憾，他走得安详而且镇定。因为他用左眼唯一会动的睫毛，完成了自己最后的人生。

博比仿佛一颗流星，没有恒久的存在，却让人们看到了一个人精神的光亮。只要灵魂、情感和思想存在，总能于困厄处找到表达的方式。博比的存在和消逝，让人们从人的身上，永远无法找到绝望和悲情的借口。

把黑暗甩在身后

英国盲眼跑手，五十岁的希利宣布：他计划利用七天时间，在七大洲跑七项马拉松。

这是一项惊人的壮举。马拉松，对于一般常人来说，都是毅力和耐力的艰苦磨炼。话说回头，如果有毅力和耐力加上很好的体力，常人总可以坚持向前。可是，希利的道路是黑暗的。我们看到的在道边行走的盲人，是一步一步探索着前进。而希利需要奔跑。他每一刻的奔跑，都需要导盲犬卡尔及一个四人支援队的陪同。可以想象奔跑给希利带来的是多大的困难。

希利来自英格兰中部西布罗姆维奇市，天生有眼疾，至十六岁时双目完全失明。希利最大的敌人是黑暗。于是，希利就跟黑暗比赛，他要把黑暗甩在身后。他开始练习长跑。

对希利来说，战胜对手并不重要，重要的是战胜自己。他未必能把对手甩在身后，但却一定要把黑暗甩在身后。后来他参加三项铁人赛，意外地，他在多次马拉松运动会上取得了好成绩。如今的希利已是一名经验丰富的马拉松高手。在过去十年，他共参加了七次马拉松，包括在伦敦跑了六次。

对于未来的七天，希利做了周密的计划，于四月七日自南大西洋的福克兰群岛出发，之后会在同一天飞往智利首都圣地亚哥进行次阶段的马拉松。接着会在洛杉矶、悉尼、杜拜及突尼斯跑马拉松，最后于四月十三日在伦敦完成最后一站的马拉松。

我不知道希利能否最终实现自己的计划，也不知道媒体会不会直播这一壮举。对于风云变幻的世界来说，这可能并不是一件大事。可是，对希利来说，是一件惊天动地的大事。就生命的意义而言，这是一个残缺的个体，通过不息的精神向极限发出强有力的冲击。

我记住了这位盲人跑手，向属于别人的明亮世界发出的宣言：“我知道我们最后会筋疲力尽，但我决定参加伦敦的马拉松，因为奖牌会是今年特别的礼物。”在奔跑中让平庸的时间有意义地流逝，心中永存目标，并且由目标激发高昂的激情。

奔跑——是这个世界所有生物最雄壮的姿势，奔跑着的前方有无限辽阔的壮美。心有多宽，跑道就有多宽。身处黑暗，那就用雄心征服黑暗，并且把黑暗远远甩在身后。

扶起踩倒的草

某次，陈赓大将之子陈知建接受凤凰卫视专访。陈知建深情回忆父亲陈赓，陈赓大将是一位常胜将军，战功显赫，身上有着浓厚的传奇色彩。在用兵如神的背后，陈知建揭秘父亲亲临战场指挥神头岭战役的几个细节。

在战场，杰出的智慧和高超的指挥艺术，往往都以心细如发作为基石。当陈赓领回伏击歼敌的任务，旅部和团部指战员，即刻俯在地图前，商讨作战计划，几十双双眼睛在地图上搜寻、凝视，大家议论纷纷。

军用地图显示，神头岭有一条深沟，公路恰从沟底穿过，路两旁山势陡险，便于隐蔽部队也易于出击。最终大家意见都趋向一致，认为神头岭是预伏区段的最佳场所。然而，陈赓仍然满腹狐疑，他突然发问："神头岭的地形谁亲眼看过？"众人面面相觑，陈赓大笑，这不正是纸上谈兵吗？

去实地考察地形，指战员不但大吃一惊，而且大失所望。原来，他们所用的国民党军的地图上没有标出凹凸标志，神头岭根本就不符合伏击作战的地形要求，它两边是大山，但中间的公路并不是在低谷，而是在中间的小山脊上。陈赓目光灼灼，思忖良久。最后断然说，来个近距离伏击，就在路边沟里设伏。

这一招既出人意料，又有相当风险。因为日军那边，也生怕中埋伏，他们的尖兵密切地注视着两边山头和路边的风吹草动。如何瞒过敌人的眼睛，陈赓除了命令部队衔枚疾走，至埋伏地后纹丝不动之外，还发布了一项命令：每个指战员必须扶起身后自己踩倒的草。因为他担心日军会从地面上被踩倒的草这个细节，找到蛛丝马迹。

事实证明，陈赓这一担忧和由此而发布的命令并非多余。日军进入伏击圈前，确实俯视地面，仔细勘察，希望有所发现。然而，由于陈赓这一命令，踩倒的草被扶起来，没有丁点草蛇灰线，最终让日军一无所获。以致，一位日军士兵尿尿，尿到埋伏在沟里一位八路军战士的头上，八路军战士不为所动，日军竟也毫无觉察。

籍此，当埋伏在离公路仅几米的八路军一团部队发起进攻时，以一当十，让日军猝不及防。大多数手持长矛这等落后武器的八路军，创造了平型关大捷之后的又一赫赫战绩。

“扶起踩倒的草”，如果没有这道命令，或许对方从踩倒的草这个细节上会有所发现。若果如此，事后只能从失败的角度去寻找教训：哦，之所以被对方发现，是因为我们没有把踩倒的草扶起来。

把导致失败的因素一一想到——这是常胜者的秘诀。

我们普通人，通常只会把眼光盯住眼前的猎物，很少去想身后那些被自己踩倒，并且会暴露自己的草。

盘旋于绝境之上的不屈精神

弗洛伊德·柯林斯这个名字，给予我的是深深的震撼。夜阑人静，思绪久久难平。我是从美国普利策新闻奖名篇中读到这个人和他的故事的。

善良的人，为每一个不幸生命的逝去而感哀婉。然而，读到柯林斯，一种痛彻肺腑的巨大创面呈现在我面前，猝不及防的疼痛瞬间将我击中。

时光回到1925年一月，一名弗洛伊德·柯林斯的洞穴探险者在探险时遭遇不幸，这位美国阿肯色州山地青年的遭遇，引起了全体美国人的关注。1月29日，当他在父亲的农场为寻找一个能够吸引游客的洞穴时，不幸陷入困境，不能自救。在那个名叫“沙洞”的大洞穴中，柯林斯被一块巨石卡住了左腿，动弹不得。人们想办法施以援手，还是不能把柯林斯从困境中解救出来。在人们难以想象的疼痛和折磨中，柯林斯整整坚持了十九天。他勇敢的心和顽强的意志，在同情者的心里，打下了无法泯灭的烙印。

十九天的时间，一分一秒对柯林斯来说都是煎熬。在没有一线光亮的洞穴，无边的黑暗浸满人的意识，柯林斯的腿上覆压着巨石，仅可容身的小穴如同绳索捆绑着他，他全身无法动弹，能动弹的只有他的思维。孤独、绝望、疼痛、无助，很容易将一个人的精神击垮。

正当美国人想尽一切办法营救这位不幸的落难者。一名叫米勒的记者五次深入洞穴，并以细腻的笔触写出了自己亲眼目睹的一切，为人们记录下了这位落难者在生死面前如何保持着做人的尊严及其内心痛苦与顽强的挣扎。

地面上每一寸地方都是水，每前行一步，都不得不像蛇一样蠕动。当记者米勒试图挤进柯林斯受困的小洞，“疼——太疼了”。柯林斯恳求米勒放弃这样的努力。柯林斯躺着，向左侧斜着，以致他的左脸颊触到了地面，两只胳膊牢牢地卡在他身边石头的缝隙里，像一位钉在十字架上的受难者，这样的姿势，他不得不保持十九天。

他的脸上盖着一块油布，记者米勒试图把它揭开。“放回去，”他说，“放回去——水！”米勒才注意到，水一滴滴地从顶部的岩面上滴下来，每一滴都打在柯林斯的脸上，最初的几个小时，柯林斯并不介意，可是，随后持续不断的水滴几乎让他疯狂起来。后来他的弟弟给他带来一块油布。此情此景，让人想起旧时的水牢，再坚强的人，也会不寒而栗。而柯林斯，坚持了十九天。

一次次的营救失败，终于有一次，柯林斯面对着米勒，这位身高只有1.57米、体重仅54公斤好心记者，真诚而又不失调侃地开起了玩笑："喂，伙计，你最好出去暖和暖和。不要回来了，你这么瘦小，我相信你是不能把我弄出去的。"此刻，最需要帮助的人，依然乐观，一如既往地关心他人，关心眼前来帮助他的瘦小记者。

柯林斯没有任何额外要求，但他郑重地要求在他的头顶放置一盏灯。灯光如豆，可是，微弱的光，在这位地下探险者的心里，成为永存希望的火种，成为挑战黑暗环境和冷酷陷阱的象征。无论身处怎样的绝境，勇敢的心，永不输给貌似强大的灾难。十九天后，柯林斯离去，这盏灯仍然亮着……

柯林斯离去了，美国一位叫詹金斯的传教士为柯林斯做了一首缅怀的歌——《弗洛伊德·柯林斯之死》，歌词唱道：我们都知道的一个家伙\有着白皙英俊的脸庞\真诚而勇敢的心肠\他的身躯正在沉睡\沉睡在那个荒凉的砂岩洞里。

听歌者无不落泪。

置身绝地，是对精神的强度与韧性最好的的考验，在困厄面前，如何保持人的尊严？这对每个人来说，都是个问题。当我们面对世界的劫难感到忧伤时，柯林斯的不屈灵魂来到我们身边，在生命的琴弦上弹奏他隐忍的悲歌，安慰那些哭泣的人们。

苍鹰的翅膀有可能被突如其来的狂风恶暴摧折，可是，它临终的眼里，倒映的仍然是广阔的天空。那颗顽强的心脏，跳动的是厄运无法征服的刚劲旋律。肉体死了，灵魂将再一次准备起飞。

风雪中与狼对峙

往回走，身后风雪弥漫。那年我十二岁，受父亲差遣，去代销店沽酒。回家的路上，走到一个垭口，一个场面让我始料未及。

垭口左边的山峁上，一群像狗但比狗大的动物，六七只，聚在一起，在风雪中，相互咬着尾巴。我站住了，心中陡然让恐怖占据。我想起了传说中的狼和狼吃人的故事。但又一转念，心中生出侥幸——希望这群家伙是狗。

瞬间，我在心里辨别着眼前这些动物到底是狼是狗。狗是怯懦和卑贱的动物，在人面前，慑于人的威严，倏忽就会消失。而眼前这群动物的神态让我恐惧，目光镇定，幽深地看着人。父亲曾说，狗不敢与人对峙，狼敢。这就是一群狼了。

我没有哭喊，也没有狂奔，恐惧让我麻木，我木然地看着眼前的景象，有些不知所措。狼站立着，晃着脖子向天抬头，浑身抖动，抖落浑身的雪花，脖子上的毛来回晃动，形成一个令人晕眩恐惧的圈，样子十分凶狠。

纹丝不动，恐惧，麻木，思维不能集中到事物上，我想我是傻了。然而，三分钟后，狼竟然退了……我以为狼可能根本没有注意到我，或者注意到了也不屑于理睬。

回到家里，我母亲双手合十，说我们祖辈积了八辈子阴德。父亲说，是因为我没有轻易出招，既没有对狼呵斥示威，也没有哭喊奔跑，狼是高智商动物，人在心里提防狼，狼也在心里提防人，双方都没有过早亮出底牌。

自此，狼神秘的面纱渐渐揭开，恐惧也如冰雪一般慢慢消融。另一次经历，让我对父亲的话确信无疑。

那是一个有着明月的春夜。我和伙伴捉迷藏，不知不觉向一个山坳深入。渐渐地，一种叫声越来越清晰。月光下，一群狼抬头向着月亮，伸长着脖子，一阵长嚎。不知道狼的心里是否也有诗情画意，也需要抒情，也需要对月倾诉吟颂，还是因为饥饿。披着月光，一群狼一边长歌，一边自我欣赏。

狼的叫声，并不高亢，但却尖利，像呜咽哭泣，又像怨妇的倾诉，阴柔凄厉。那景象我至今还记得，一群狼向月亮仰着脖子嚎叫，好像举行一场仪式，场面壮观滑稽，又有几分恐惧。

几个伙伴想撒腿就跑，我制止了他们，我们就巍然地站在那里，等待狼先离开。

后来我一直在想，如果我们制造出声响，不知道狼会做出什么样的反应……

最后一次与狼对峙，是对面相迎，真真切切。一个下午我在家复习功课，准备中考。忽然间，安静被一阵鸡叫声打破，一只芦花鸡叼在狼的嘴里。这是只饿狼，有很大的骨架，身体两边的肋骨，像搓衣板的棱角一样凸出。大尾巴拖在地上，幽幽的眼光凶狠地看着我。

其实，当时我的身边有铁锹和锄头。但是我没有动，因为我没有十足的把握和信心能斗败一只狼，而且也找不出理由与狼搏斗反受其伤。我们对峙足有十秒钟，它最终绕着我小跑开去，身后留下纷飞的鸡毛。

每一匹狼，当然都有童话中的残忍和凶恶，可是，它也有胆怯和恐惧。

多年后，我常想，如果当年我主动攻击，显然难敌狼锋利的爪牙；如果哭爹喊娘地逃跑，也跑不过狼如风的速度。

面对强大的敌手，不要轻易就想过招。往往一有动作，就容易露出短处和把柄。最好的方式是，盯紧对方。沉默，不轻易露出底牌，会成为让对方不知深浅的威慑力。

可可西里之魂

可可西里的楚玛尔河边，我们的车子停下来。我走下了车。

一群动物，藏羚羊、野驴、野牦牛，转过头，一起望着我。时间已过去了一个多月，它们的眼神，至今我忘不掉，一辈子我也忘不掉。

可可西里，在藏语里，是个美丽的名字，有“青色的山梁”和“美丽的少女”之意，4500米的海拔，让这里离天空格外的近。厚厚的白云，贴着头顶掠过，风，无所遮拦地吹来。

夏天，可可西里竟然毫无先兆地下起了雪。夏天的雪，暖暖的，让人猝不及防，也让人无限惊奇。在这人迹罕至的地方，雪自由而奔放。一会儿就在地面堆积起来，犹如巨大的奶油蛋糕，被楚玛尔河分成两块。

一会儿，潮湿的地方，雪化了。而干燥处，雪如大片羊群，被风驱赶……

天苍苍野茫茫的可可西里，动物是主人。这里的动物，有一种习性，仿佛受尽磨难、身处困厄的人，慢慢踱步，步伐里，有一种说不清的抗争和不屈。

风雪中，它们靠在一起，紧紧地靠在一起，抵挡风雪的吹打，在茫茫的可可西里，它们犹如一只颠簸的小舟，缓缓而行。

这景象，让我双眼潮湿。

不知名的鸟儿，落在野牦牛的背上，野牦牛的行走，并没有让它惊慌而飞，身躯庞大的牦牛载着它，仿佛彼此之间达成了一种默契，打破了物种之间的隔阂。我被这种景象陶醉，那种互依互存的依赖关系，也许只能在艰苦的生存环境下才可磨合而就。

几只野牦牛走到前面，它们停下来，竟然等着后面的野牦牛跟上……

乌云与狂风，突兀而至，大雪与冰雹，突兀而至。对它们而言，生存，是一种能力，也是一种考验。艰险的途中，它们互相支撑，并且相亲相爱。互爱，支撑着它们在险象环生的路上行走。

一只幼小的藏羚羊停下来，绕着一副动物的骨架，来来回回，用鼻子嗅着，用嘴轻吻着……每一次的相逢，它是不是都会绕着它来回走上几圈。小羚羊的心中，也有想念么？骨架的前身，是不是它的父母，抑或是一种物伤其类的悲哀呢？

距离远，我看不清它眼中噙的泪。

我要上车了。

它们不说话，仍然只用眼神看着我，或许眼神就是它们的语言。而这种语言，深深地震撼了我。眼神里，没有惊慌，没有哀怨，只有迎着天命而上的坚韧和淡定。

这不是眼神，这是可可西里的魂。

射向明戈思的子弹

2011年11月6日，在巴西里约热内卢安塔雷斯贫民窟，枪战激烈，浓烟滚滚。警察在清剿毒贩，警匪交战的激烈场景不亚于任何影视片。

一名记者中弹倒在了血泊中，他的名字叫明戈思，46岁，电视摄像记者，已婚，有三个孩子。

呼啸的急救车把明戈思送往医院。然而，医生也无力回天，遗憾地表示："对他的心脏复苏努力没有成功。"原本，明戈思穿着厚厚的防弹衣，可是子弹多处击穿防弹衣，击中了明戈思的心脏。

里约热内卢是个风景宜人的城市，然而，这里的贫民窟却是罪恶与苦难的衍生地。贩毒、凶杀、暴力、色情像蛆一样爬满一堆堆临时搭建的木板房。明戈思供职的班代兰蒂电视台说，巴西暴力活动已经“影响到每一个人”。暴力的滋生蔓延，已影响所有人的安全感和幸福感。

巴西首都里约热内卢，定于2014年和2016年分别举办男子世界杯足球赛和夏季奥林匹克运动会。卢安塔雷斯贫民窟等地的黑恶势力，虽经多次打击，然偃息一时，风过又起。为确保两项赛事安全，警方着手对贫民窟实施有计划清理，以铲除犯罪团伙。启动一项名为“手术刀行动”的清剿计划。

明戈思为此感到振奋。明戈思对黑恶势力有着切肤之痛和切齿之恨。明戈思就生长在路卢安塔雷斯贫民窟。童年上学的路上，常常遭遇那些烂仔们的追打，逼他交出几块克鲁塞罗（巴西币）以供他们买烤肉和点心，从那时起，明戈思就恨透了他们。十四岁时，祸从天降，父亲被犯罪团伙挟持，被胁迫贩毒。后因被团伙头目怀疑其向警方泄密，父亲被打断了双腿。从此，终生只能与轮椅为伴。

明戈思的心里，种下复仇的种子，与黑恶势力势不两立。他想有朝一日，一定要想割除毒瘤一样彻底铲除这些黑恶势力。打黑除恶，首先得将黑恶势力罪恶昭示天下。因此，成年后的明戈思做了一名电视摄影记者。

此后的对此清剿行动中，在爆炸声、子弹的呼啸声、浓烟火光中，明戈思扛着摄像机，用镜头记录和讲述着一切。这位忠于职守的记者，因此生前曾获多次新闻大奖。

危险和威胁，也接踵而来。然而，明戈思无所畏惧，每一次的行动，都让他激动得浑身战栗。他唯一要做的是，用手控制住镜头，别让他摇晃。如果真的危险降临，他告诉他的同伴，希望自己“像战士一样死去”。

明戈思从不畏惧来自任何方向的子弹。危险与他如影相随，这并非命中注定，而是他清醒的理性选择，所以他置身险地，毫不退缩。

此次的清剿行动，警方事前获悉，贩毒集团的主要成员携带着一批重型武器，防弹衣相对这些重武器而言，无法保障安全。因而，并未告知任何媒体跟踪采访报道。

他们不知道，谁也不知道。

明戈思从何处得到消息？明戈思从何而来，击中明戈思的子弹从何方而来?

答案，只能尘封在明戈思那颗勇敢的心里。

上帝只给你两分钟

2009年6月1日凌晨，大西洋上空，一架大型客机以惊人的速度，从万米高空俯冲而下，瞬间消失在茫茫大海。

这就是法航447次航班，一架技术上完美无缺的客机，没有一声爆炸声，快速陨落机毁人亡，致使228人丧生。此后，导致此次空难的原因，一直是个迷。直至2011年4月该航班的黑匣子被惊人发现，谜底才算揭开。飞行员兼航空作家奥特利为此写下《错误的导航》一文，其中有飞行员谈话的完整记录。

空难原因和最后的过程，呈现出基本的轮廓。人们关心的是，在这架飞机里，最后两分钟时间究竟发生了什么？

一个值得诅咒的时刻来临，6月1日凌晨1点36分，飞机飞入一个热带风暴系统的外缘。这种位置的可怕在于，积雨云将在穿越的飞机外表结冰。一般机组途经此处必然改变航向，以避开风暴最严重的地区。而法航447的机组人员却没有改变航线，这是噩梦的开始。

随即，出现奇异的放电现象，强烈的光亮照得驾驶舱如同白昼，飞机在恶劣的雷暴天气，在积雨云中，外表结了厚厚的冰层，可怕的是，空速指示器也结了冰。

空速指示器的问题，让飞行员无法很好地控制飞速。无法控制速度，很容易让飞机“失速”，空中飞行的飞机失去速度，谁都知道，这将意味着什么。

失速警报随即大作。警报器不断重复着“失速”这两个字。失速是一种极其危险的状态，其原因是飞机速度过慢。失速到达极限时，机翼会突然失去攀升动力，飞机急速下降。训练时所有飞行员都知道，当飞机失速时，要将操纵杆向前拉，以便使飞机俯冲，重新获得速度。

这本是个可以纠正的错误，上帝也给了一次机会。倘若飞行员将操纵杆向前拉，让飞机在俯冲的过程中获得速度，完全可能化险为夷。

然而，在坠毁前的最后两分钟时间里，全体机组人员想到的是，将“掉下来”的飞机“拉上去”，飞行员始终向后拉着操纵杆，让机头向上翘起。向后拉操纵杆，可以让机头翘起保持攀升的姿势。

整个飞机努力向上攀升，升到足够的高度，才可以避免坠落，这是常识；然而，向上攀升的同时，也是飞机失去速度的开始。这一努力，确实让飞机在7000英尺高度的基础上提升了2512英尺，可接踵而来的是，飞机的失速。失去速度的飞机，因为失速最终会保持着向上攀升姿势掉下去。

如果假设可以存在，假设飞行员向前拉动操纵杆，让飞机俯冲，重新获得速度，一切厄运都会过去。可是，飞行员始终想让飞机攀升，而始终向后拉着操纵杆。

最终导致可怕的结果：越是想向上，越是向下坠落，看似宿命，实在人为。倘若它不是一味“求上”，而是敢于“向下”，拉一下向前的操纵杆，相反会获得向上的机会，事实上，整个机组的人都没有这样做。最终它还是以每分钟一万英尺的速度向下坠落，机头向上机尾向下，在一条近乎垂直的水平线上掉下去，坠入万劫不复的大海。

现代科技虽然能制造出精妙绝伦的机器，可是操纵机器还是需要人的处变不惊和随机应变。

在突如其来的灾难面前，上帝也会给人拯救的机会，不过时间很短。比如，这架法航447次航班，上帝只给了它短短两分钟改正错误的时间。

悬崖边上的女孩

斯俾茨贝尔根岛地处北极，是接近北极可居住的地区之一，岛上常住人口约三千人。这里的山川河流堆积着终年未化的冰雪，海浪拍打着礁石，卷起千堆雪花。

美丽的极地风光，吸引着世界各地的人们来此旅游观光，常住度假。

2003年的夏天，挪威大学生萨拉和尼娜来这里旅游。这是个很美好的夏日周末，美景在小岛铺展开来，各种花草透过积雪悄然绽放，景色如画，美不胜收。

两个女孩走出小镇，她们向高原走去，这里怪石林立，白色的小花点缀其间，远望，可以看见不远处的北极冰川。萨拉和尼娜完全被眼前的景象陶醉，流连忘返，忽略了随之而来的危险。

不远处的海鸥，迎着海浪盘旋。在一块草坪的边缘，她们发现了美丽的驯鹿，这种温驯的动物，有着珊瑚般美丽的鹿角。萨拉拿出照相机，准备把可爱的小鹿定格在镜头中。

就在此时，镜头中所看到的景象，让她大吃一惊。一头巨大的北极熊正龇开利牙，抬起巨大的熊掌，一步一步向她们走来。越来越近，渐渐地，她们听见了北极熊的咆哮。

成年的北极熊，体重能达到四五百公斤，当它发怒时，是令人恐怖的庞然大物。本地，北极熊袭击人的事件，也时有发生。

北极熊巨大的咆哮声应和着海浪的轰鸣，发出恐怖的声响。显然，北极熊是冲着萨拉和尼娜而来的。

本地的人，遇上这种情况，选择朝天放上几枪，北极熊听见枪声，便会落荒而逃。然而，萨拉和尼娜，除了相机和背包，什么也没带。萨拉和尼娜唯一的选择，只能是慌不择路，拼命奔跑。而北极熊紧追不舍。

更为不幸的是，突然前面的道路中断了——她们跑到了足有三百米高的悬崖边。悬崖下是尖利的岩石和丛生的荆棘。萨拉和尼娜瞬间陷入了绝境，进退维谷。北极熊带着暴怒和乖戾之气，发起了攻击，胆小的尼娜开始哭泣，随后恐怖地大叫，巨大的熊掌，击倒了尼娜。

千钧一发，悬崖边上的萨拉，眼看同伴倒下，无法施救，手无寸铁的人是没有任何力量与可能抗衡四五百公斤重的北极熊的。下一个轮到自己了。一瞬间，萨拉紧张地思考着，被北极熊扑倒，必死无疑，跳下悬崖也得死，相比之下，跳崖或许还有一线生机，逃过北极熊的魔掌和利爪，是当前两害相权取其轻的选择。

萨拉的脑海中闪过慈爱的父母的形象和对美好生活的眷恋，她一闭眼睛，跳下了悬崖。

所幸的是，萨拉只受了点轻伤，她逃到小镇，叫来了警察，击毙了北极熊，然而为时已晚。不幸还是发生了，尼娜已死亡多时。萨拉蹲在尼娜身边哭泣。

她知道，是自己的向死而生的决绝和果敢，救了自己，起死回生。如果迟疑一会，站在悬崖上哭泣，也难逃北极熊的魔掌。

小镇的人们纷纷赶来，为尼娜的遇难表示哀悼，同时夸奖萨拉的镇定和勇敢。北极地区的生存环境是恶劣的，他们从萨拉身上学到了生存的勇气和技巧。

用胳膊当诱饵

时下在美国一些州，人们热衷于玩一种新奇的游戏。那些喜欢冒险的人，潜到水下，在鲇鱼出没的水域，他们要钓这种牙齿锋利的鱼，而不用鱼钩。

他们用胳膊当诱饵，让鲇鱼来咬食，当鲇鱼张开锋利的大嘴，胳膊顺势伸了进去，一下就抓住了鲇鱼的腮。接下来，是将巨大的鲇鱼提溜上岸。鲇鱼，有的大到二三十公斤。徒手搏鱼，是名副其实的一个人与一条鱼的战争。

游戏很惊险，很刺激。不需要鱼钩和鱼饵，直接是手到擒来，非常好玩。可是，这又是一种危险的游戏，鲇鱼锋利的牙齿，重则咬断人的胳膊，轻则在胳膊上留下千疮百孔。

鉴于此，美国的一些州制定了法律，禁止人们用这种方式来徒手搏鱼。可是，禁归禁，还是屡禁不止，人们越玩越上瘾。

我不知道，轻胳膊重游戏的人们是何种心态。

大概在美国这样崇尚冒险、追逐利润的社会，没有成本而赢得利润，让人趋之若鹜。鱼饵虽小，毕竟是钓鱼的成本，倘若连这点成本都不用付出，在一些冒险家眼里，如此冒险——是值得的。

然而，不得不承认，这是勇敢者的游戏。也是在风和日丽的日子里想象窘境，并进行应对窘境的一种演习吧。

有一则真实的故事。一位朋友在深圳做生意，曾做得风生水起。但几年前的金融风暴，不仅吞噬了他数年打拼累积起来的财产，而且让他负债累累，因为他的生意都跟外贸有关。他是个有尊严讲信誉的人，随后，他卖光了自己的不动产用来还债，直至身外之物一无所有。

外贸生意回暖的时候，他想重拾旧业，可是没有资金。他想了几天几夜，决定舍弃一只肾来换取启动资金。凑巧的是，做手术那天医院停电，本来医院有备用的发电机，可是医生执意让他等几天再来。后来的事情发生了戏剧性的变化，他以前的那些客户听说了这件事，主动地把货物赊给他。

凭借这些，他在一无所有中，又重新获得了一桶金。

我在想，或许某个时候，我们有可能输得一个二净，想钓一条鱼，连一点鱼饵也拿不出，这时，我们是否能勇敢地伸出胳膊?

于是，呈现于眼前的有两种境况：有人凭借舍出一条胳膊的勇气，赢得了一条鱼，凭借这条鱼，东山再起；有人守着没有任何牙印的胳膊，望鱼兴叹。

生存，往往需要徒手一搏。

坐上童话中的小马车慢慢抵达

夏天的烈日下，拜伦·皮茨走在路上，感到茫然。他从小就是个低能儿，受伙伴们嘲笑，被老师称为“蠢驴拜伦”。这位此后成为全美最佳电视节目主持人的拜伦，此刻，还是俄亥俄州威斯利亚大学一年级学生。他的感觉糟糕透了，他感到自己确实笨极了，心里盘算着退学。

就在这时，一辆汽车呼啸着，从他身边疾驰而过。仅仅只差几英寸就差一点撞倒他，路边的鸟，因为受惊，尖叫着一飞而起。拜伦吓坏了。当几只鸟从拜伦的眼前飞过时，他的心在沮丧中忽然一亮：一辆车，如此飞速无疑可以到达目的地，倘若慢一点也可以到达，倘若是辆小马车呢？他的脑海中出现了童话中的小马车，一颠一颠地驶进了城堡，速度的快与慢同样都可以抵达目的地，这跟人的智力好坏别无二致。

几天前，他还填写了一张退学申请表。此刻，拜伦快乐地走在路上，心中打定了主意，要把那张表撕掉，扔进废纸篓里。

拜伦从小就是个笨孩子，10岁时，几乎不能辨识课本上的字，这在教育学上叫作“功能性文盲”。可是，他是个要强的孩子。在母亲的鼓励下，他借助一种特殊教育监视器的学习用具，用超越常人十倍的努力，完成了从小学到高中的学业。

让拜伦和全家感到高兴的是，高中毕业的这一年，拜伦如愿以偿地考入了梦寐以求的俄亥俄州威斯利亚大学。

可是接下来的大学时光，又给了拜伦当头一棒，让他感到自己重又回到小学四年级。考试不及格和严重的口吃，让拜伦多次产生放弃学业的念头。在艾迪教授的办公室里，拜伦放声大哭，几近崩溃：“我是个傻瓜，我不得不承认我是个傻瓜！”

当他茫然地漫步在学校附近的一条公路，遇上了文章开头的一幕。一辆飞奔的卡车几乎要了他的性命，同时也给了他启示：人的智力和车的快慢一样，只要方向是对的，都可以抵达目标。

从此，他想成为一位媒体人。他希望能将自己看到、听到和想到的故事用于帮助人们，激励人们，让人们生活得更好。于是，拜伦坚持做了下去，再也不言放弃。如果需要，他随时可以付出超出常人的千百倍的毅力和耐力。

那些可敬的老师，也给了拜伦无私的帮助。英语教授雷曼博士每周花四个小时，帮助拜伦阅读和写作，并且告诉他，一个人永远不要低估自己的能力；艾迪教授帮助他矫正口吃，教会他将一只圆珠笔含在口中练习说话，并且给他多次提供实习主持人的机会。

说也奇怪，从此，拜伦奇迹般地改掉了口吃的毛病。并且，以优异的成绩从大学毕业——而这，仅仅是目标的第一步。

从此，被称为“笨驴拜伦”的曾经的低能儿拜伦·皮茨，从地方媒体开始干起，一步一个脚印，终于成为美国哥伦比亚广播公司“新闻60分”的节目主持人。

在美国“9·11”恐怖袭击事件中，由于杰出的报道工作，拜伦荣获美国国家艾美奖；在对伊拉克战争、美国卡特里娜飓风灾害、阿富汗战争等一系列重大事件的报道中，成绩斐然而赢得广泛赞誉。他6次获得地区艾美奖，4次获得全美联合新闻奖，还夺得全美黑人新闻工作者协会优秀奖。

拜伦抵达目标的速度不像别人那样坐着飞快的汽车飞奔而去。他给人的感觉是，坐着童话中的小马车，方向明确，目标坚定，不畏艰难，百倍努力，慢慢抵达。

隐忍在都市

一位很要好的朋友，几年前北漂。我们一直联系着，他一直希望我去看他。前不久，我去北京，想顺便看看他。不想，他支支吾吾婉言拒绝了。

我想，他一定是有难处，而非时间的砂轮磨平了他的昔日的真诚与豪气。

果然，另一位朋友后来告知了原因，我的好友去北京后，一直住在地下室，而且一家人就住在二十平方米的一间屋子里。他很爱面子，此前他从没有告诉我这些。他想隐在都市，不让熟人朋友知道他目前的处境。

都市的房价那么高，令外来的异乡人望而生畏，可是，为了理想和人生价值的实现，那些漂泊的人不得不把对生活的需求压低到不能再低的水准。心中的目标和都市生活现实的矛盾，让一群人在都市漂着的同时，因为面子，因为尊严，因为“一定要混出个人样”的自我承诺无法兑现，又不得不在都市隐着。

城市的生活成本很高，它兼顾的是整体利益，从不考虑一个人的感受。爱上城市，像爱上一位脾气很坏的姑娘，想情有所依，必须忍受她的坏脾气，忍受她的种种考验和折磨。

亚里士多德说：“人们来到城市是为了生活，人们居住在城市是为了生活得更好。”城市，是否能让生活更美好呢？一位在南方大城市工作的同学说，在城市生活，首先必须忍，生活才美好，没有“忍”，一个人无法孤独地生活在喧嚣的都市中。

他说，最难忍受的是堵车，每天开车上下班得几个小时，看着前面的车像蜗牛一样爬，想着单位和家里一摊子事，心里急得想飞，夜里做梦常常梦见自己长了翅膀，从车里飞出来，自由飞翔。回到现实中，手握方向盘，才知道什么叫忍，也只有忍。

我常常思考，人为什么爱城市？得到的答案是，这跟人的天性有关，我们往往误以为自己只爱宁静，其实是离不开喧嚣的。有人的地方才有真正的风景，人是需要在人群中生活的，这正如博尔赫斯所说的：“隐藏一片树叶最好的地点是树林。”

最近，我的一群学生毕业了，在城里好工作难找，生存也很困难。我劝他们去乡下创业，他们的回答是，宁可睡在城市街头的水泥地，也不去睡乡下那张安逸的床。理由是，城市有梦有故事。

这有点类似卡尔维诺在《看不见的城市》中对于城市魅力的理解。他以为城市魅力的核心秘密，在于城市是一个关于欲望与记忆的交换场所，这个交换场所，除了城市，别无他处。“梦和故事”，正好对应“欲望与记忆”。

每天清晨，我迎着阳光跑步到郊外。在路上，每一张被朝阳照耀的面庞都新鲜生动——无论它们昨天是怎样的沮丧和悲哀。夜从城市退去，梦从心中醒来，都市是一个梦想汇集之地，至少在一个旭日初升的早晨是这样——瞬间，我找到了人们隐忍在都市的全部理由。

一任风和雨

米歇尔·布萨克是法国的一位传奇人物。二十世纪初，他白手起家，创办棉制品企业。一度，他的企业集团成为法国最大的棉织品王国。其范围之广，几近覆盖了其所在的小城。绝大多数小城的居民，都乐意地投奔到他的麾下，成为公司的雇员。

布萨克是个和善的人，为人慷慨大度。他几乎是个“雷锋”式的企业家。在自己的企业王国里，他着力构建类似于乌托邦式的社会结构。为职工提供廉价商品的超市，免费的房子，免费的医院，免费的子弟学校。甚至，他可以做到，开放自己在乡下的庄园，让职工们轮流带薪携家眷来此度假。

然而，天有不测风云，七十年代，亚洲的纺织品以极为低廉的价格涌入法国。这对布萨克田园牧歌式的企业构成了极大冲击。布萨克濒临破产。此时的布萨克年届八十，有心杀贼，无力回天。

仰天长叹，布萨克显得老迈苍凉。不过，布萨克就是布萨克，虽然廉颇老矣，然雄心犹在。为了力挽狂澜，他孤注一掷，将自己养老的全部积蓄，投进了深不见底的亏空。他甚至卖掉自己的房子、乡下的庄园和所有值钱的东西，最后赤手空拳。而企业，最终在布萨克的意料中无可挽回地破产。

工人们热爱布萨克，几个月领不到工资，他们宁可到市政府门前请愿，也不愿找布萨克丁点麻烦。政府为企业注入数十亿法郎，仍然是杯水车薪。

英雄老迈，布萨克重又贫贱归乡。白发飘飘，他拎一口行李箱，二话不说，一跺脚，就准备去寄人篱下，投奔昔日的朋友。赤条条地来，赤条条地去，没有一句悔恨和抱怨。用现在的话说，布萨克这个可爱的老头，真的很酷。

常常听身边的人抱怨当下的生活——如若当初，我如何如何。其实，在另一度空间里，未必没有风雨。又听一些人忧心忡忡——我担心将来如何如何。将来也许小行星要撞地球，可毕竟我们没有撬动地球的杠杆。懊悔不跌与患得患失，几乎构成了当下人普遍的心态。

雨中之境即人生之境。无伞可打遇雨狂奔是无奈，有伞而不撑开，一任风和雨，是一种境界。

布萨克本来在垂暮之年有理由选择隐退和放弃。这样，凭着丰厚的私人积蓄，在浓荫掩映的乡下庄园里，他仍然可以吃上鲟鱼鱼子酱喝上苏格兰威士忌。可是，他不。他是那个有伞不愿意撑开的人。

第五辑／

△

人生：

人生那顶帐篷

人生处处是起点

1992年，魏德金接管保时捷汽车公司时，保时捷濒临倒闭，是温德林力挽狂澜，将其带到让所有竞争者只能仰望的境地。而他的年收入达到了7700万欧元。荣誉与财富接踵而来，42岁，他就成了德国“最佳经理人”，几个月后，又荣膺“欧洲经理人”称号。魏德金踌躇满志，准备大干一场。

然而，不想德国大众成了他惨败的滑铁卢，魏德金让保时捷起死回生后，想乘势而上，收购世界上第四大汽车公司——大众公司。可随后金融危机肆虐全球，魏德金的计划受阻。大众在德国是一家公众公司，民众并不希望它被控制在保时捷手里，行情逆转，大众公司很快将保时捷吞并。

2009年7月23日，魏德金带着热泪和遗憾，以及5000万欧元的离职补偿，怆然地离开了保时捷。

在商业王国里，魏德金的雄心和抱负无与伦比，为保时捷的振兴，他倾注了大量的心血。事业，是一个男人的三尺龙泉。成也萧何败也萧何，魏德金从人生的巅峰又回到了原地。

此后的麻烦与噩梦一样缠绕他，他不得不接受检察官的调查；接受美国46家对冲基金的索赔；私人住宅和办公室遭遇多次搜查；而且他不能为自己做辩护，不能出现在传媒上。

然而，魏德金没有被打败。他一边应对着一道道难题，一边寻思着人生新的起点。

他终于找到了，凭着意念和努力，以及经理人的经验，他重新找到了人生新的起点。如今，他向《明星》杂志展示了他新的身份，从保时捷的掌门人，已成功转换成网络企业家、赞助商和农民。

新的起点，从“缝隙狂”农民开始。“缝隙狂”是魏德金的绰号，当年日本车在缝隙的处理技术上比保时捷精确半毫米，魏德金令员工在极短的时间内赶超，因而得此雅号。魏德金离开城市回到乡村，他在那里购买了农田，把“缝隙狂”的精神和工程师的精确严谨带到了农耕运营上，他把土地整理得均匀而又笔直有序，获得了农业“缝隙狂”的称呼。

他耕作农田的心得是：“从一颗马铃薯种子里面我必须获得至少14个新的马铃薯。”新的起点，给他带来了新的财富，他像一匹骏马从新刷的起跑线上腾身而起，此后，他又从诸多领域大显身手，2011年开始，人们又能在商界看到从保时捷隐退的魏德金忙碌的身影，他的产业遍及零售业、其他商业和石油天然气。

从新的起点站起，没有跌入低谷的沮丧和患得患失的悲哀。生活与事业，就如太阳，西落东升，没有终点，永不坠入绝望。人生处处是起点。

巴菲特游戏

81岁患有绝症的著名股神巴菲特，曾经在内布拉斯加州奥马哈市一家餐厅出尽了风头。他单膝跪下，手持钻戒和玫瑰花，向18岁美丽的金发少女艾丽克萨·塔瓦西求婚。巴菲特一头雪白的银发在记者闪光灯的照耀下格外惹眼。他张大着嘴，搞怪的表情特别夸张。莫非巴菲特要再婚了，81岁的他要迎娶18岁的美少女？

还有更离奇的一幕。29岁的圣母大学学生瑞恩要与巴菲特决斗，他们你来我往，用拳击的方式定输赢，巴菲特神奇地赢得了这次拳击赛。根据赛前的规定，巴菲特抓住瑞恩的领带，想勒死瑞恩。

周围的人们爆发出一阵阵哄堂大笑。别以为这都是真的，巴菲特既没有移情别恋老树新枝，也没有拜泰森为师拳打天下。这两幕场景只是游戏——巴菲特游戏。

每年都有几次，巴菲特会邀请全美各地的经济学高材生来他的公司伯克希尔哈撒韦公司访问一天。作为对优秀学子的奖赏，这一天里，他抽出时间，与学生座谈，并陪他们参观自己的企业。除了让他们学习经验和技术，还有让青年学子大快朵颐的一刻，中午，巴菲特和他们共进午餐，尝遍美味佳肴。

这群未来的商界领袖们玩得轻松惬意，他们不但能与神一样神秘的巴菲特合影，而且还能座上巴菲特的凯迪拉克汽车，在巴菲特的产业园里游览观光。

其实，这还不是他们最向往的内容。他们当中的很多人，是冲着“巴菲特游戏”来的。

谁都能看出，巴菲特在工作中是位严肃的人，言行举止一丝不苟。可是，可能是出于对这群学界精英的偏爱。每年的此刻，他允许这群孩子与自己做最有趣的游戏——巴菲特游戏，巴菲特游戏成为每年的惯例和聚会时最精彩的节目。每位学生都可以向巴菲特提出游戏的要求，只要这群学生提出任何游戏内容，巴菲特都会无条件满足。此时不苟言笑的巴菲特像换了一个人，荒唐怪异的举动让学生们捧腹喷饭，笑成一团。

当然，巴菲特要求每位学生把巴菲特游戏的内容设计得别出心裁，他特别欣赏那些有创意，有想象力的想法。于是，巴菲特的表演五花八门。他被要求与学生换眼镜戴；被要求学某种动物尖叫声，或者学他们的行走或爬行；被要求表演拳击、跳迪斯科；被要求模仿《小鬼当家》的某个经典动作；直至被要求扮作小偷

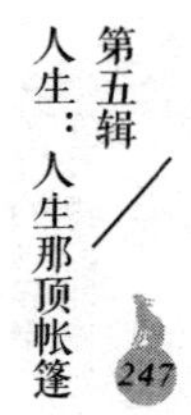

去偷在座的某个人的钱包……学生的歪点子层出不穷，巴菲特虽然很累，但乐不可支。

文章开头的两个场面，就是由学生设计并要求巴菲特完成的巴菲特游戏的两个节目。

对于“巴菲特游戏”，巴菲特评价说：“我想让他们的参观之旅既有趣，又有收获。即使我的照片被发到脸谱或其他网站上，让我看上去像个傻瓜，或让人起鸡皮疙瘩，只要他们开心，那也没啥关系。”

与巴菲特相比，我们是不是过于严肃？巴菲特在认真工作的同时，懂得如何从生活中获取快乐。同时，他更懂得寓教于乐，用他独特的方式，培养未来的商界巨子和社会精英。

平凡人的最美瞬间

西班牙摄影师古兹曼近期策划了一组有创意的摄影，取名《永恒的记忆》。他在巴塞罗那城里随机寻找一组老年人，让这些老年人用自己的一幅旧照片来追忆过去最快乐的时光。当这群老年人用苍老的手捧着自己一帧帧昔日留影时，古兹曼用镜头一一把它们记录下来。

银发皤然，看似波澜不惊。然而，令古兹曼感动的是，这些平凡人的一生中，都有辉煌的瞬间。这些动情的瞬间，让这群古稀老人，历经沧桑后，依然深情回眸。

露丝，83岁，目不识丁的家庭主妇，在她身上似乎没有光环令人侧目。可是，她的双手捧着自己儿子降临时的照片，彼时，她像一朵花一样娇艳，刚出生的儿子，则像苹果园中刚刚结出的青苹果——那一瞬间，她光彩照人。

玛利亚，84岁，她从事过很多工作。这些工作普通得一如她的形貌。但她捧出自己年轻时穿着时装的一张照片——她靠在一家服装厂的铁栅栏门前，显得时尚，年轻，漂亮。拍照的瞬间她心花怒放，她的脸上洋溢着设计出第一套时装时的喜悦。

安托略，88岁，曾经是位画家，现在已经失明。他手中的照片摄于1939年1月25日，反法西斯战争期间，小伙子穿着军装，站在防空洞门口，喜上眉梢。那一天，他躲在防空洞里饿得要死，就在他快绝望时，防空洞口突然掉下一个木头盒子。他打开一看，里面竟然装的全是肉，他欣喜欲狂，照了一张像作为纪念。然后，他夹起木盒跑回家把肉带给家人。

凯瑞丝蒂娜，65岁，一位终身发型师。她热爱自己的职业。她用一只手擎着自己的照片，如今，她的右手已经瘫痪。照片上，一位年轻女孩刚刚做好很美的发型，在春风中陶醉，她说，从那一刻起，她爱上了发型师这个职业。

朱楚，80岁，出生于中国，45年前来到巴塞罗那，现在会说一些西班牙语，喜欢玩宾果游戏，平时在自己的房间里照顾自己心爱的小鸟。她的照片上，一位中国淑女，身穿旗袍，高挽发髻，照片正是摄于欲来巴塞罗那之前。旗袍，发髻，耳环，地道的中国元素，是她心灵中一直珍藏的美好。

博尼塔，86岁，地道的家庭主妇，她认为自己经历平淡，实在乏善可陈。可是，人们都说，她笑起来是最美的。于是，她拿出孩提时代的一张照片，照片上的女孩笑得无忧无虑，美轮美奂，她说，这张照片上，她的嘴张得最大，笑得最美。

每个人都是自己的传奇，平凡人的故事同样鲜活生动、引人入胜。芸芸众生，即便再平凡，也无需妄自菲薄，因为每个人都有自己辉煌的一瞬，而这最美瞬间，体现出每个人的价值，是平凡人生自己不会丢失、别人无法剥夺的心灵财富。

与树为邻

1988年，美国甲骨文公司首席执行官埃里森以390万美元的价格，在三藩市高档社区太平洋高地购买了一栋住宅，凭窗眺望，可以尽览三藩市湾的壮美景致。

而如今，一种突然的变化让他始料未及。从他家望出去，视线不再像从前那么一览无余，而是被某些东西挡住了。

原来，他的门前2004年来了对波斯默夫妇，他们以690万美元的价格买下一幢别墅，本来埃里森的别墅在高处。而这些年来，埃里森夫妇任凭前庭后院的树木生长，三颗红杉和一棵槐树伸出头爬上高坡，遮住了埃里森家的窗户。

这四棵树，相当困扰埃里森。好好的视线，怎么就被挡住了。最初，他想以1500万美元的高价买下波斯默夫妇的别墅。而波斯默作为一名清高的大学教授，对此殊为反感："有钱怎么啦？有钱就牛×啊？”波斯默只爱自己别墅的位置。

一计不成又生一计，收买不成，埃里森唆使工人偷偷爬过人家墙头去砍树。不幸的是，被人家逮个正着，还因此被人告上法庭。

这些年来，埃里森被四棵树搞得筋疲力尽，无数次的调解磨破了嘴皮，而波斯默态度却相当强硬，他在心里根本不拿豆包当干粮：树种在我家的后院，关你鸟事？埃里森气愤难平，把官司打到法庭，而且大有不达目的不罢休之势……

其实，与树为邻，有什么不好？我倒是以为，当今的富人患上了两种怪癖：其一，稍有不顺眼，就感觉被别人冒犯，希望用钱来摆平。其二，喜欢搞点与众不同的享受，坐在别墅中看风景，以为足不出户看风景是一种享受。其实，真正的风景在户外，在大自然中。

我最近也被几棵树搞得相当郁闷。我现在的新房在一楼，当初，我看中的正是绕屋三匝的许多树。透过窗户，我看到的全是绿色。想起古人对居住的要求是“居有竹”，这一点，我算是实现了。过上了与树为邻的生活。我希望透过窗户看到的都是树，至于更远的风景，我可以走出户外，向它走去。

可是，不久前的一天下班回家，我傻眼了——屋外的树被挖光了。顿时，我眼中缺少了绿色，心中缺少了安静。我感觉到家的屏障被人撬走了，温馨感和安全感也随之失去。一打听，原来是开发商把它们移到了新建好的楼盘，用来招徕顾客，因为这些树每棵都价格不菲。

我联合几名业主与开发商严正交涉。我这个平时很温和的人，为了树，在那一刻措辞相当严厉。树，终于重回窗前，做我的邻居了。

与树为邻，隔窗而望，心在绿海里荡漾。树是有美好品质的，亦能养心。记得黑塞说过："树木对我来说一直是言辞最恳切的传教士。"风雨中的树，雷电中的树，谦逊点头的树，顶住烈日给人清凉的树，都是对人无言的教诲。

鉴于此，埃里森有点傻，与其纠缠官司，不如与树为邻，眼中有树与心中有树，都是美事。

攒钱是游戏，而非负担

无论我们对金钱如何毁誉，攒钱是必须的。买房买车要钱，孩子上学要钱，赡养老人要钱，人情往来要钱。辛辛苦苦攒钱，聚沙成塔集腋成裘。中国人攒钱，往往把它当作负担，从攒钱中感受生活的沉重。中国人在攒钱，其实外国人也在攒钱，方式大同小异，只是感受不一样。

我最近看了美国人的一篇文章，他的观点是：攒钱是游戏，而非负担。该文的作者有个女儿，生活在美国纽约，这位叫玛丽安娜的女孩，年薪不足三万美元，生活在全世界生活成本最高的城市——这是相当节俭的日子。但玛丽安娜不改其乐。

曼哈顿并非都是奢华的生活，她若不节俭在纽约是无法生存的。但是，有所不同的是，这位女孩能把生活中许多节俭的细节，当作有趣，当作游戏，并从中体验快乐。

由于年薪不足三万美元，她每个月的生活费不能超过三千美元。她和三个年轻人合租一套公寓，每个人每月只需花750美元的房租。她觉得这样很快乐，因为租住的同时，有了三位拥趸。

主要交通工具是每月89美元的地铁乘车卡，不开自己的车，节省了大量的汽油钱。她觉得这样很快乐，地铁里可以接触生活上许许多多形形色色的人，走近地铁，生活的热流扑面而来。

为了攒钱，让她有个几次冒险。她几次把瓶装葡萄酒藏在腋下，带进了酒吧，躲过酒吧昂贵的葡萄酒和侍应生的小费，没有花钱就和朋友们狂欢了一夜。她觉得这样很快乐，是难得体验的冒险游戏。

为了压缩膳食成本，她的一日三餐以豆类和米饭为主。外出则寻找价廉物美的烧烤连锁店，满足口腹之欲的同时，还能体验淘宝快乐。有一次，她用九美元买了一整只的烧鸡，并把吃剩下的鸡骨头打包回家做成美味的汤。

食品商店行将过期的食品，往往会扔掉。玛丽安娜没事就在这附近转悠，她常常能捡回大量的面包、花生酱和新鲜的蔬菜。运气好的时候，每星期还能吃到好几次冻肉。从中，她能体会到拾荒的快乐。

由于需要攒钱，她很少去娱乐场所，而是去那些免费的博物馆。这对她来说，虽然没享受感官刺激，但能感受到接受知识开阔视野的快乐。

她还告诉人们，上酒店省钱的方法是，先在家里把葡萄酒喝足。这样可以省下在外就餐的大部分费用。这也是一种游戏，能让人体会到另类的饮酒快乐。

是不是攒钱在所有方面都得疯抠？并非如此，玛丽安娜喜欢旅游，她每年都会安排自己去外地游玩，这两次，每次都得花上她2000多美元。

然而，即便这样，她每年除支付生活的成本，还能节俭下5000美元，并往自己的退休金账户上存入1000美元。

对于收入不高的人们来说，生活就是节俭的艺术。美国女孩玛丽安娜攒钱的方式是不是对我们理财很有启发？把攒钱当作游戏，而非负担。快乐攒钱，既能攒下钱，又能让生活活色生香。

昨日重新

熙熙攘攘的市场上，身穿粗布衣的妇女，推着装满陶制酒罐的木制独轮车，边走边叫卖传统啤酒；一旁的烧烤摊上，整头猪被架在炭火上，熏烤成黑里透红的颜色，屠夫用手撕碎整块猪肉向人们出售；一群身穿中世纪服装的男孩，围在披挂整齐的武士周围，在武士的指导下，反复练习击剑的基本动作……

这是芬兰图尔库市在某个节日复古的场面。当我翻看一本杂志，读到上述短短一段文字，瞬间便被击中。我想起了一部奥斯卡获奖电影《生命因你而动听》里的插曲《昨日重现》，销魂的萨克斯由远即近，魂牵梦绕的昨天，重现在眼前。

我不认为，怀旧是因为失意，或者因为年龄。有许多美好和诗意的缅怀，牵绊着人的一生。张扬的生命犹如高飞的风筝，然而线，始终被固定在起始的端点。这个端点，就叫“昨日”。

常常意外地在都市里与“昨日”重逢。本以为有些事物已经消失在岁月的深处，意外的邂逅，真叫人惊喜。

几个月前的一个午休，小区一声“嘭”的巨响，我醒来循迹而去。一位老人坐在空地，坐在炸米机边，干柴烈火上，炸米机的锡壶在他手中摇着……我看到了昨日的我，幼小，饥饿，提着一口袋大米在田埂奔跑，在明明灭灭的火光中等待，等待炸米机的锡壶里米熟了，炸米的人，用脚踩住壶盖的扳口用力向下扳，壶内那密封的空间，在被打开接触空气的瞬间，发出“嘭”的一声巨响，冒一阵白气。

一把大米，被炒熟膨化，就这些，慰藉那个年代一张张空空的胃。

我没想到此刻会重新遇上炸米机，时间一晃三十余年过去了，彼时的情景，如火光，人声，犬吠，奔跑，很丰富的记忆，像一列隆隆的火车，越过重重被忘却的时光，从远方开过来。

当昨日重现，有时我不知所措。久违了“磨剪子铲菜刀”这声吆喝，我很兴奋，提着锅铲子和菜刀循声而去。老头乐了，说铲的是菜刀，你怎么连铲子也拿来了？

天空湛蓝，岁月静好。昨日沉默的风情，重现在今天的街头，犹如一首无言的歌，诉说“昨日”的苍凉和斑驳。

友人问我，喜不喜欢现在居住的城市，我说，不喜欢。这个城市很新，新得已经找不到昨日的痕迹。隔江而望，是我家乡的城市，那里还有几条旧巷，有一些手工作坊，烟熏火燎。有一条街，我童年去过那里，和母亲一道在那里买过熏猪头肉，现在还在，还是当初的样子。这样的栖息地，给“昨日”留了个位置，回首与前瞻，才悠远而绵长。

民俗、小吃、手工制作、工艺品、老屋、旧街，这些昨日的事物，都需要适当遗存。人居住的地方，要给“昨日”留个位置，风起的日子，心生寒意，这个时候，我们需要与昨日重逢，让昨日的美好和温暖将周身包围。

为亲人煲一罐汤

《汤罐中的遗赠》是一则国外的小品文，篇幅不长但意味深长。作者芭芭拉讲叙的是，在四十岁的时候，突然某一天，想到了去世的外婆留给她的遗赠。她不知道这遗赠是什么，它被一只纸盒装着，被胶带封着。

二十五年过去了，一直被遗忘在她家的阁楼。

那位充满智慧和幽默感的外婆，在二十五年前，当她用胶带封起这个纸盒时，她到底想告诉外甥女什么呢?

芭芭拉拍去二十五年堆积在纸盒上的尘埃，揭开胶带。一只汤罐浮出昔日的时光，静立在眼前。外婆并不想玩深奥，她要告诉芭芭拉的是，人活到四十岁的时候，会突然心有所悟。好日子的开始，得依赖眼前这只汤罐。

芭芭拉记住了，用这只汤罐，外婆的午餐从十点半开始，用它慢慢地在文火上炖肉，晚餐从三点半开始，还是用这只汤罐，在文火上慢慢炖肉。日子不知不觉就那么过去了，肉汤新鲜而美味，外婆每天的重要工作是给肉贩子打电话。那声音是富足而快乐的，就像一只汤罐在文火上歌唱。

温暖的厨房，旧橡木的餐桌，桌布上的汤汁……一丝怀旧，一缕温馨，瞬间就将芭芭拉击中，她仿佛听见了汤罐在呻吟，打开汤罐，里面竟是外婆留给芭芭拉的一封信和一则烹饪汤的食谱，那是芭芭拉最爱喝的一种汤。

外婆似乎未卜先知。预料到芭芭拉生活的匆忙，或许在外婆古老的时光中也曾经历过芭芭拉当前的匆忙。外婆在信中说："当你停止奔忙、放慢脚步的时候，我希望你取出外婆的旧汤罐，把你的房子变成一个家。"

"把你的房子变成一个家。"文中外婆的这句话，给我印象太深了。

原来，房子并不等于家。房子是冰冷的建筑物；而家，是情感的栖息地，融进了漫长时间里的许多温馨和细节，它必然包含美好的味觉记忆和各种感觉沉淀。

四十岁了，问问自己，虽然有了房子，但匆忙地上下班，劳碌地应酬，中午草草地在这房子里吃快餐，夜晚在这房子里浅浅地睡一觉。这房子就是家么？

四十岁了，正是个承上启下的年龄，爱人忙里忙外，孩子正在发育，父母年事已高。此时，可曾停止奔忙，放慢脚步？可曾用爱的食谱，为亲人们煲过一次汤？

煲汤谁都会，用料，用水，用火，用时，用力，唯独没有用心；煲出的汤自然差强人意，要么咸了，要么淡了，要么生硬，要么烂熟，很难恰到好处。

完整地定义一个周末吧。用心守着炉火，守着炉火上低吟浅唱的汤罐，静静地欣赏蒸汽把罐盖顶开，顶出嘟嘟的声响。一直等汤熟了，一家人围坐在汤罐边，雾气随着罐盖的打开，在屋子里弥散开来，房子里慢慢升高的，不仅是温度，还有亲情。此刻，房子变成了家。

此刻，有一种感觉叫幸福。

兢兢业业地工作，不欠单位什么；安安分分地做人，不欠社会什么；踏踏实实地奋斗，不欠人生什么。而对亲人，却欠下了许多债。

今夜，让群星在天空闪耀，把外面的世界搁在一边。我要浓浓地，为亲人煲一罐汤。

将我们的名字镌刻在何处？

2008年，美国纽约公共图书馆面临一个困境：要不要将一个人的名字，刻在图书馆总馆的主楼？这个人对于纽约公共图书馆的贡献实在太大。

这个人叫希瓦兹曼，是大名鼎鼎的黑石集团创始人之一。2008年3月，美国纽约公共图书馆宣布了一个总投资为10亿美元的改造计划，由此一场募捐大战拉开了序幕。五月份，希瓦兹曼个人认捐了整整一亿美元。这是纽约公共图书馆有史以来最大的一笔私人捐款。

纽约公共图书馆，从创建到发展其资金来源，一直依赖两条线：一条是商界或政界的成功人士；另一条是美国的民众。图书馆创建于1895年，自创建以来，宏伟的主体建筑两侧分别蹲守着两尊大理石雄狮雕像，这两尊雄狮的名字分别叫“阿斯特”和“列诺克斯”，这是两个人的名字，这两个人都是图书馆的创始人。

阿斯特是位德国移民，以经营皮毛、地产和鸦片起家，这是位热衷公益事业的企业家，晚年将所赚之资，捐建图书馆。另一位创始人列诺克斯，是位富家子弟，酷爱藏书，他向图书馆捐献了大量自己珍藏的珍本善本图书，使得新建的纽约图书馆馆藏丰富。

然而，最初这座规模较小的图书馆，远远不能满足市民的需要。纽约市市长提尔顿因此想建一座更大的图书馆，让更多的人享受知识的功能和乐趣。1876年，逝世前他将240万美元捐给了发展图书馆的一个专门基金会。

真正的壮大，是在1902年，从钢铁大王卡耐基那里获得了520万美元的捐赠，用这笔钱，得以在纽约各区动建了65个分馆。

公益事业，筹款压力一直以来是巨大的，纽约公共图书馆采取各种形式多渠道筹集资金，以图找到巨资捐款人。所用的方法很多，其中就包括将捐赠者的名字镌刻在图书馆的建筑上，使他们的嘉行得以表彰，以此激发捐资者的积极性。

然而，另一方面，在接受捐赠的同时，图书馆又需要担负道德责任，不但要兼顾巨资捐助者的某些“自利”，又要考虑民众的感受。

事实上，自纽约公共图书馆建造以来，民众一直是它强有力的支持者，普通市民一直坚定地保持小额捐赠。2008年，图书馆举办面向市民的年度“梦幻慕捐”抽奖，年龄最大的捐款人是98岁的退休教员，几十年来，她每年都买十几块钱的抽奖券，只为支持图书馆。这种多年不懈的付出，代表了纽约市民对纽约公共图书馆发自内心的支持。她只是千万支持者其中的一员，千千万万的民众是真正的中流砥柱。

现在，纽约图书馆因为一个亿的个人捐赠，要将总馆主楼更名为希瓦兹曼楼，而且他的名字有可能五次出现在主楼的各个部分，自图书馆建立以来此事绝无仅有。此前，两位创始人的名字也只在主楼出现过一次。

名字，被镌刻在图书馆的主楼，是一个人的幸福。可是，这种幸福并不属于芸芸大众。

一时，舆论哗然了，有些数十年一贯支持图书馆发展的市民困惑了，同样都是捐赠者，一个人的名字在主楼将出现五次，我们的名字又将镌刻于何处？是不是应该用捐资的多少来衡量公益心？

最后，不得不由图书馆的主席来平息事态。他表示，希瓦兹曼的行为是高尚的，他十分慷慨，他的捐赠不附加任何条件，因此希瓦兹曼的名字应该镌刻在主楼，而且将出现五次，是与非，留待后人和历史去评说。

不过，他同时保证，今后纽约公共图书馆的主体建筑上不再镌刻任何人的名字。捐助者的名字镌刻在何处？他们的名字将镌刻在读者的心里。

将我们的名字镌刻在何处？不仅纽约公共图书馆的拥趸难免疑惑，而且地球上生活的大多数人都会发出这样的终极追问，人们似乎都在为自己的名字寻找一个终极归宿。是镌刻在公共建筑的主楼？还是大理石墓碑上？抑或是人们的心里？答案又似乎不言而喻。

给灵魂一片土壤

“15年前，如果你是大企业的一名员工，家里没有手机，没有电脑，一回到家，工作就跟你没关系了。”法国电信自2008年以来，有24名员工自杀，该公司负责调查员工自杀事件的高管表示，智能手机和电子邮件给员工造成的巨大压力，是导致自杀事件频发的原因之一。

同样，富士康与法国电信，如出一辙。这让我想起了多年前一部电影《肖申克的救赎》里的一个词“体制化”和那位不能适应狱外社会而自杀的图书管理员。生存空间挤压灵魂空间，让人深受其害，“体制化”的影响无孔不入，连下班后的手机和邮件，都会让人生活在焦虑之中。人想挣扎着离开，最终却还是毁于心灵的罗网。

我的一位朋友很形象地说：“现代人像显示器上的‘光标’，而领导则像‘鼠标’，‘鼠标’想把‘光标’定到哪里就定到哪里，‘鼠标’停‘光标’停，‘鼠标’动‘光标’动。”是的，现代生活，在鸽笼一样的写字楼里，多的是数不清的规则与潜规则，被它们约束和戕害的是人的心灵。

寻找生存的土壤，寻找发展的机遇。可是，现代人很少去给灵魂的生长和发育，寻找一片土壤。因而，人的足迹踏上了月球，甚或还有未来的火星，可是，灵魂却始终囿于一隅，囿于一个企业，一个单位，一个小小的甚至是让自己饱受折磨的但却习惯了的空间。

记得2008年诺贝尔文学奖得主勒克莱齐奥给青年作家的建议。他说：“不要为一个小小的荣誉做出让步。不要因为别人给你一个甜头，或者一个光环，你就去接受所谓领导或高层握手。不要因为接受一个体制，而失去你自由的灵魂。”

勒克莱齐奥的意思不难理解，我们在接受一种生存空间时，要关怀一下自己的灵魂空间；在接受荣誉、甜头和光环的同时，要问一下自己，这种生存的空间适合不适合灵魂的自由生长。

灵魂需要一片适合它的土壤，播耕于其上，人生才能仓廪实且华彩灿然。

1912年四月的某一天，一个著名的故事在美国哈佛大学上演，美国哲学家乔治·桑塔亚那，在哈佛大礼堂讲课，一只知更鸟停在窗台上，他的灵魂，在那一刻被知更鸟的美深深打动。于是他对着台下说：“知更鸟在召唤，对不起，诸位，我失陪了！”

就这样，他跟随知更鸟离开了美国，去自己想去的地方。其实，此前他已对哈佛和美国感到不满，虽然哈佛有优厚的待遇，但这些待遇对他而言，犹如沉重的金块绑在鸟翅上，让他无法飞翔。翅膀上绑了黄金的鸟，远不如眼前的知更鸟，自由自在，想飞就飞。

此后，他随心所欲，辗转世界各地，且著书累累，写就了巨著《英伦独语》……

在自由的星空下，在适合自己灵魂生长的土地上，每个人都像一朵小花，相守而望，能绽放出生命应有的风姿和色彩。

好运和谁站在一起?

好运到底和谁站在一起？相信自己有好运，这会导致一个什么样的结果？千百年来，这个问题，一直让人着迷。

以下是几组实验。

高尔夫球实验。这是德国科隆大学研究者所做的实验。某一天，研究人员突然告诉一部分高尔夫球参与者，你们就是今天的“幸运之星”，而另一部分人不做这样的告知。结果让人意外，这些人每10杆就有6.4杆进洞，比那些没有被告知的人多出两杆。也就是说，前者的成绩比后者高出35%。这种现象引起心理学家的兴趣。看起来“迷信的刺激的确能够产生改善表现的效果”。

然而，心理学家把类似的方法用于赌马，他们告诉赌马的人，你今天是“幸运之星”，结果令人失望，类似的迷信刺激并没有给赌马的人带来任何好运。

告诉球员，这是个幸运球，足以影响他们的表现，这是因为，相信自己的好运，可能激发没被唤醒的那部分潜力；而马的奔跑，人是全然无法控制的。

“小鬼铃铛”实验。46岁的奥弗菲尔德开了一家名为“纽约摩托车骑士”的网站，并在州内的摩托车展上销售商品。在网站上，奥弗菲尔德极力售卖一种叫“小鬼铃铛”的物品，他极力渲染这种小铜铃是一种神异的护身符，让人们相信车后座挂上“小鬼铃铛”能防止事故发生。结果确实起了作用，挂“小鬼铃铛”的摩托车，事故发生率减少了50%。

类似的方法用于股票交易，英国的研究人员设计了一项实验，他们招募了伦敦投资银行的107名交易员，让这些交易员玩一种模拟实时股票指数的电脑游戏。他们被告知，按键盘上的Z、X和C键，可能对指数有某种影响。可是，这些交易员无论怎么按键，丝毫不会为他们的交易奠定胜局。

有人的努力参与的活动，我们可以相信自己的好运，同时坚信好运能带来好的结果，事实上，相信好运，会赢得异乎寻常的表现，因为这些过程中，看似好运，实际上有你潜意识和努力的参与。同时，对于类似赌马和彩票，应彻底摒弃“好运”幻想，因为这些事件中，排斥潜能和努力，整个事件的过程你完全无法控制。

城市之门

闲散的光阴里，我去过许多城市。有些城市，一进入，就找到了归属感，喜欢它，想住下来，哪怕一住多年；而另一些，置身其间格格不入，一心想着逃离。南方的一位朋友，他在一座城市居住了十几年，还是感觉自己是过客，梦里尽是故乡的山河。

看来，融入一座城，未必是空间的进入，而是意愿的首肯和心灵的融汇。我一直以为，城市有一扇隐秘的门，在某个不经意的时刻，朝你轰然开启，置身门外，是挥之不去的流浪与漂泊之感。同时它像一本书，需要寻找到一种阅读的方式，才可以渐入佳境。

今年夏天去北京，天坛公园的古柏，一瞬间将我击中。我触摸它们的时候仿佛在触摸这座城。数百年的成长中，它们积淀下这座城的文化记忆。风缠绕着古柏无言地诉说，这座城的历史，瞬间在我眼前鲜活而生动。我感慨树的生命力，如此旺盛——有些树一半死去一半仍然活着，枝繁叶茂，给人内心以深深的震撼。因为它们，这个城市林立高楼与通衢大道，没有遮蔽过去，现代化没有遮蔽人性化，相反赋予了它恒久弥新的特质、个性与魅力。瞬间，我找到了进入这个城市之门。

去平遥古城的路上，我还在猜想，这到底是一座怎样的城？浸淫其中，体味到了它营造的悠然古意。一个“古”字成为理解它的门径，古老的城墙与街坊，人头攒动的庙会，古玩古籍与地方风味特产，乃至蓝天下青黑色的瓦棱，均可见风貌与个性。在这里，由于没有云的遮挡，阳光像金箔一样贴在大地与古建筑的表面，风悠悠地尾随行人在街道徜徉，陶笛声隐隐约约。快节奏的生活被隔离在城墙之外，时光慢了许多。

堆砌得越来越高的高楼，拓展得越来越宽的街道，装饰得越来越豪华的火车站与商场，未必是人们的心愿之乡。如果它没有给人的心灵置留下值得怀念与追逐的细节，没有一景一物带有人性体温的温暖与惬意，这样的城市，虽然华丽的光芒让人眩晕，但它的门始终是向人关闭的。甚至，进入它，相反会离它越来越远。

有些城市已经在反思中转身了。广州市近日将中山四路原来设计为58米的高楼压低到30米，以守住历史城区范围内新建筑高度不超30米的底线，目的是更好地与周边的骑楼街风采相协调。为此政府赔偿开发商损失达5个亿——城市建设在痛定思痛中渐渐觉醒。

《旧约·出埃及记》中记载，先知摩西带领寄居的以色列人出埃及，去寻找心中理想的城市之门，他们预设的标准是这里

“流淌牛奶与蜜”。物质与精神的食粮都不可或缺，城市是人居住的。它的空气中需要流淌一种关怀，一种人生活的习惯，一种适于人的妥帖。或许微不足道，但却能开启人的心灵搭扣。适合人生活的空间和氛围，一旦进入它，即便有些凌乱和噪杂，感受还是鱼在水中。朱光潜先生曾写到对某个城市的印象，他感慨地说：“那里所有的颜色和气味都是很强烈。这些混乱而又秽浊的景象有如陈年牛酪和臭豆腐乳，在初次接触时自然不免惹起你的嫌恶，但是如果你尝惯了它的滋味，它对于你却有一种不可抵挡的引诱。”某种癖好，蕴含对生活趣味的隐喻和指向，可能不雅，却可以形成对某个城市的眷恋。

城市的风味和韵致，是人贴近它的理由，忍不住亲近，进而赏玩和怀念。散文家黄裳先生走进成都，“觉得是走进晚唐诗句里来了”。大概这里的光与影，旋风与落叶，街道与建筑，构成了诱人深入的城市意境。我喜爱家乡的城市安庆，在我的记忆中，那个七八岁的男孩拽着妈妈的衣角，第一次羞怯而紧张地进城，街边草木葳蕤，梧桐树粗大，树叶在头顶片片生光，撑出片片阴凉，树下的大妈拍打着木箱叫卖奶油冰棍，甜蜜冰凉的感觉此后一直在我心头撩拨。远离故乡，一别经年，我想在心中打开这座城时，那一瞬间的甜蜜被我当成了钥匙。

打开城市之门，无需古希腊神话中的特洛伊木马。城市需要适应人，而非人需要适应城市，当城市也这么想的时候，它的大门已经朝着人的心灵轰然开启，而被它接纳的人，即便旅痕遍天涯，依然对它深情回望。

古意悠然

美国《生活》杂志杰克·伯恩斯曾给齐白石先生拍过一幅照片。照片是黑白照，色调虽然单纯，但光与影、明与暗的对比却强烈。画面上白石老人长髯垂胸，戴一副圆圆的黑边眼镜，宽袖长袍。他悠然自得地坐在藤椅上，身边是位八九岁的小男孩，与他悄悄说话。身后的墙上，挂着白石老人自己的画作，虾、蟹与荷叶在纸上栩栩如生，自由自在。

有一句话，附在照片之下，应该是某位杂志编辑的感慨，表达的意思有点怅然，他说："现在的人，已经找不到那种古意的悠然了。"

现代生活日新月异，快节奏且富于变化。一味求变，往往令人心中焦虑。而古意中生活的人们，似乎都在演电影中的慢镜头，你看水墨丹青，你看宽袖长袍，似乎都很慢。古意中人，周边的因素相对稳定，人们心中没有对突变的不安，坦然释然，因此有了悠然，有了自在。

于是有今人从古意中寻找价值。照理说，辜鸿铭是最不应该在古意中生活的，他生在南洋，学在西洋，婚在东洋，仕在北洋，会9门外语，获13个国外博士学位。可是他在北大任教时，拖着长长的辫子跟学生大谈中华文化，样子食古不化。有人说他的古意装束是带泪的表演，出生在一个不幸的时代，他为中华传统和炎黄文明的失落深感忧患。有一本书叫《张文襄幕府纪闻》，是他的笔记。从中能听到他的叹息，叹息源自他对中国古文化的自尊与守望。 他是否想用一种复古的方式，从传统文化中寻找一种力量，一种亘古不变的永恒价值，来改变当时古老文明式微的境况呢?

当然，古意更多时候是一种情调和趣味。

近读叶兆言一段很短的文字，写的是画家丰子恺。他说，自从有了火车，一个旧时代结束，一个新时代开始。时间开始有了全新的意义，却仍然还有不同的理解。丰子恺先生从家乡去省城，乘火车只要四小时，可是宁可坐船。坐船要四天，他认为这样可以看到更多的风景。

丰先生是否执意生活在旧时代呢？倒也未必吧。坐船，四天的行程，沿途的风景，是艺术的启迪和情趣的发酵。此情此景，容易让一人想到了散发弄扁舟，想到了桃花潭水深千尺，想到了杨柳岸晓风残月？在悠然的古意中，更能生发文学与艺术的想象。或许，那时的丰子恺先生就明白，时间的快慢并不代表一切，工

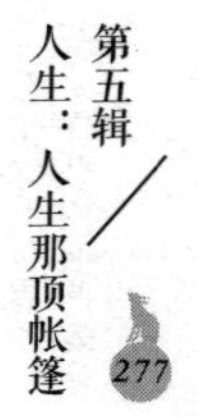

业文明也并不能涵盖一切美感。

最近我去了趟平遥，这是一处保存完好的古城。几乎全世界的、各种肤色的人们都到这里来寻找什么。我由此相信，在几千年的文化积淀中，有某种永恒的价值经久不变、代代传承，穿越着时空隧道，宽袖长袍地来到今人的身边，让人沉醉或向往。犹如一轮古月被诗人们咏叹千年，竹菊梅兰被画家们描摹至今。

走进这样的古意，我仿佛回到了昨天。

红豆上的“慢点”

在超市闲逛，忽然眼球被一小罐红豆吸引。红豆是红的，倒没有什么特别，特别的是它的品牌和一段文字。

它叫“慢点”，往下写道：“让我们慢下来，等等灵魂。慢点，慢点，让我们试着过一种慢生活，让心灵丰盈，让性灵自在而圆融。”恰巧，写这段话的是一位知名作家，我的朋友——这是他家乡的红豆。忧患的大师，竟然在一罐小红豆上，号召我们慢下来。

后来，我与之交流。他说，现代人，因为生活的快节奏，就连吃红豆恐怕都难品尝到红豆真味。

这并不是杞人之忧，我想起美国航空航天博物馆主席范德林登说过的一句话，因为速度快，他说他在乘坐协和式飞机时几乎没有时间享用完他的法国大餐。

当下的人们，似乎都在赶时间，生活中的许多细节，都追求“快点”。

用DVD看大片，最爱“快进”；上网狂爱“刷新”；评论，要站“沙发”；寄信，最好是特快专递；拍照，最好是立等可取；吃饭，最好是快餐；付钱，最好是刷卡；坐车，最好是磁悬浮高铁；坐飞机，最好是直航；做事，最好是名利双收；创业，最好是一夜暴富；结婚，最好上“非诚勿扰”；排队，最好排在窗口里面。

高节奏的生活，破坏了岁月的优雅和心性的从容。热衷于速度和效率，势必缩短和牺牲事物的过程，和过程中包含的意味。大多数人一生未必能干成一件大事，这也没什么遗憾，遗憾的是，因为“忙”轻易忽略了身边无数朵幸福的小火花。

从前的时光似乎慢点，偶尔有“快点”——几年轮不上几次。只记得小时候，有一次父母商量着去黄墩集市上买头小猪仔，那天早晨，母亲一直催促“快点”“快点”“慢点好猪仔就卖光了！”。父亲过惯了慢腾腾的日子，慌乱中，他一脚布鞋一脚皮鞋就上路了。此后的几十年一直被他的同事笑话。

而现在的生活，似乎天天都在赶集。很难静下心来，过一过内心的生活。科技发展，让许多事情变得空前的快捷。可是，过于快捷，让人的心灵变得有点空。

慢点的时候追求快点，十八世纪，人类靠步行或是乘坐马车，时速六英里；十九世纪有了火车，时速60英里；二十世纪，喷气式飞机让我们实现了600英里的时速。由此，人们猜测，二十一世纪，时速是否剑指6000英里？

人类的速度是不是应该放慢？近年来科技界也在反思这个问题。于是，美国的太空梭（航天飞机）、超音速飞机和黑鸟侦察机放弃了对高速度的追求，倒退到二十世纪的水平。

生活节奏、科技发展乃至宇宙间的一切，该慢还得慢下来。因为快，肉体跑得很远，灵魂还没有跟上；因为慢，才有慢慢体会，细细品尝。

温州动车事件出事后，演员姚晨在微博上引用了昂山素季一句话："我们并不缺少发展所需的科学和技术，但我们的内心依然缺少些什么，一种真正的心里温暖的感觉。"

局限是人生的大敌

我奶奶有一个问题想了一生没想明白：她去菜园摘菜，路边有棵树，去的时候在反手（左手）边，回来的时候，怎么就跑到顺手（右手）边。我爷爷想的问题比我奶奶的要深奥得多，他读过书，也知道地球是圆的，接下来的问题是，既然地球上到处都有人，那肯定有一部分人头朝下生活。我跟他解释，地球非常非常大，他顺手取过一只南瓜，你伢看着，咱们是在北半球头朝上，那下面南半球不就是头朝下，南瓜被我爷爷颠来倒去，最后掉地上摔成了八瓣，问题仍然没有得到解决。我爷爷临终前还在牵挂头朝下生活着的人们：那多难受啊，比我现在还难受。

现在，我想起爷爷奶奶，感到最痛心的是，他们究其一生没想通一个问题，这是他们人生最大的悲哀。往往，在某些人看来是不言而喻的道理，而在另外一些人那里，却成了认知的瓶颈。

最近，我的一位画家朋友经历了类似的事情。他去山区写生，为当地的一位老大爷画了一张画。临走时，老大爷拽住他不放，老人家责备画家画丢了他一只耳朵，他拽着两只耳朵给画家看，瞧！这不是两只，画上却只有一只。画家朋友反反复复解释，这是张侧面像，一个人的侧面只能看见一只耳朵。可是，当老大爷侧过身去，他摸到的还是两只耳朵。最后，他要求画家无论如何要把另一只耳朵给添上。

有时，对一些人智识上的障碍，另一群人看了会发笑。可是，往深处想，不过是五十步笑百步。比如，对于时间的理解，我们在霍金面前；对于“相对论”，我们在爱因斯坦面前；对于“万有引力”，我们在牛顿面前，都会一一露拙，败露出我爷爷奶奶和那位老大爷般言行的可笑和智识的浅陋。自然与社会，像深邃的星空，浩瀚博大，时时让人自卑。在自卑中寻找途径，突破局限，无形中涵纳了求知的意义。仰望浩瀚的星空，心底油然为人生的局限而生悲哀，又会从悲哀中产生执着追求超越的激情。

古希腊时代，苏格拉底有一项愉快的劳动。这位西方圣哲吃饱就去雅典城忒修斯庙的东北角，被称为“宙斯门廊”的地方。他喜欢的是拦住行人，以滔滔的雄辩，诘问行人直至他们哑口无言，最终让他们意识到自己的无知。他认为，除非一个人自认为无知，否则就学不到任何知识。遗憾的是，我爷爷奶奶和那位老大爷都没有被苏格拉底或者类似苏格拉底的人拦住过，否则，他们的人生状态可能会改写。

“人不会渴慕星星”（歌德语），并不是看不见星星的光亮，而是星星离人太遥远。宇宙的定律、生活的真谛闪亮而又耀眼，人们看到光亮却又觉得它们与自己无关。对于局限，没有自卑和恐惧，在未来未知领域，我们这群自以为是的人，有可能像我爷爷我奶奶和那位老大爷一样，茫然而又固执。

富裕和肥胖没什么两样

在一个网站，网友问我，生活中最需要的是什么？我想了一会儿，告诉她，我需要的都是一点点。一点智慧，一点良知，一点声名，一点激情，一点悠闲，一点金钱……“打住，打住，”她抗议了，“其他都可以一点点，唯独这钱，是多多益善。”“谁不想有很多的钱，你别太虚伪了！”她补充道。

是的，我跟金钱没有仇，也并非我有多么矫情。从小资，到中产，再到资产，确系人心向往。但是，一个人拥有的财富需要与其能力和素质匹配。金钱是一匹烈马，你没有驾驭它的能力，不是出色的骑手，就难保不从马背跌落摔跤。

身边不乏其例。一位暴发户拥资数百万，但他的钱来自一张侥幸的彩票。没有奋斗和一点点的积累，面对突至的财富，他不知所措，心理也失去了平衡。随后，人们看到一个谦逊的人变得轻狂，一个律己很严的人沾染了一身恶习，一个重爱情和亲情的人抛妻别子……在一个人还没有练就一身掌控金钱的心态和本领的时候，财富提前到来，这并不是一件好事。

当黄金像贝斯比亚斯火山的岩浆一样，流进美国石油大王洛克菲勒的口袋时，这个曾经口碑很好的人，变得贪婪、冷酷。宾夕法尼亚州油田地方的居民对其恨之入骨，甚至做出他的木偶像并对之施以“绞刑”。更要命的是，为金钱极度操劳，医生以他的身体状况断言他，只能活到五十岁。后半生，洛克菲勒痛定思痛，变得乐善好施，开始滑冰、骑自行车、打高尔夫球，98岁去世的那年，只剩下一张第一号石油公司股票，其余产业已在生前捐掉或分赠给继承者。

钢铁大王卡内基说：“一个死的时候还极有钱，实在死得极可耻。”许多有钱人一生拥有的财富不计其数，却不知道富裕意味着什么。不过，人们在已故美国大亨默尔的一本传记里发现了这样一句话：“富裕和肥胖没什么两样，也不过是获得了超过自己需要的东西罢了。”而肥胖又是什么呢？美国最胖的好莱坞影星罗斯顿，临终前对自己喃喃自语：“你的身躯很庞大，但你生命需要的仅仅是一颗心脏。”

“富裕和肥胖没什么两样。”看见那些为一毛钱和菜农吵半天的人，那些为钱不择手段的人，那些视财如命的人，那些恃钱而贵的人，那些沉入金钱的白日梦中人，我很想走过去跟他们说：“在金钱方面瘦瘦身，对你的人生健康有好处！”

傲慢与偏见

克里斯蒂是英国的短跑名将，他使英国的短跑载入史册，他本人也因而成为上百万黑人青年的楷模。然而克里斯蒂傲慢的性格并非能为众多人接受。公众对克里斯蒂感受比较复杂：他们崇拜克里斯蒂的体型、天赋和特殊气质，却讨厌明显的傲慢。

亚特兰大奥运会，克里斯蒂36岁。他想取得最好的成绩，实至名归，然后风光地退役。然而在比赛中，克里斯蒂遇到了麻烦。

枪响之后，八名选手迅速起跑。然而比赛旋即被取消，有人抢跑，克里斯蒂被控犯规。起跑失误是短跑者的克星，1991年奥委会引进了一个规定，枪响十分之一秒内，运动员离开助跑器就自然被认定为起跑失误，从枪响到离开的那段时间称为反应期，反应期少于0.1秒就被认定为抢跑。

第一次抢跑，“那的确是我！”克里斯蒂后来承认。再次回到助跑器上，运动员神经越来越紧张。

第二次枪声想起，观众看到了八只离弦之箭。但是，第二次的起跑，又有人犯规。裁判再次锁定克里斯蒂。

此刻，克里斯蒂大发脾气，他早已无法忍受。他不是去跟裁判解释，而是沿着跑道来回频繁走动，他冲着裁判大叫大嚷，挥舞胳膊表示不信任和抗议。

如果时间换在过去，如果比赛的地点换在英国国内。克里斯蒂的怒火和咄咄逼人的气势能够压倒一切。可这是在美国，这是在奥运会，一位牙买加裁判走过来，企图安抚他，让他平静下来。然而无济于事。

克里斯蒂的傲慢同样激怒了裁判。裁判们决定不再听克里斯蒂的任何解释，无论是对是错。美国裁判员约翰·卓别林来到现场，走到克里斯蒂面前并向他出示了一张红牌，命令他离开。克里斯蒂气急败坏，做出了种种疯狂之举，他扯掉了运动衫，撕碎标识违规的小红旗，并把跑鞋扔进了垃圾桶。

最终的结果令人大跌眼睛。起跑最差的贝利获得了金牌。如果不是克里斯蒂大发脾气，那枚本属于克里斯蒂的金牌不会拱手让人。克里斯蒂的队友对克里斯蒂行为的鄙视无法掩饰，跑了第五名的马什说："我很少认为或者说谁的行为不成熟，但克里斯蒂却这样行事。"

不知反省的克里斯蒂，仍然坚持自己没有错。其实，在上一届奥运会时，克里斯蒂就应该自省。当时，他获奖后绕场向观众挥手告别，他每跑一步观众就少一部分，所到之处，观众席上的观众就转背离开。以致一位尴尬的美国作者这样写道："这是一个辉煌事业的无味结局。"

正是克里斯蒂的傲慢，引发裁判的偏见，而偏见进一步惹恼了克里斯蒂，如此恶性循环，最终导致克里斯蒂与心仪已久的金牌无缘。

人生那顶“帐篷”

荒郊野外，福尔摩斯警觉醒来，没想到这位探案高手，也有失算的时候。他推醒身边的助手华生，问，你看见了什么？华生说，我看见了满天的星星。一颗两颗三四颗，天上的星星多美丽呀，华生沉浸其中。老福尔摩斯有点生气，一语中的，别臭美，我们的帐篷被人偷走啦。

这实在是个很有趣的笑话。我读了N次，也乐了N遍。故事中的华生看起来并不专业，一看见美丽的星星就忘乎所以，如果不是一位天文爱好者，真该建议他去写诗。福尔摩斯看问题的角度始终如一，之所以生拉硬扯地把华生从对星空的美好想象中拽出来，是有点怒气不争的意思。

除了娱乐意义之外，我也会这样想，连福尔摩斯的帐篷都被人偷走，平凡人又怎能避免丢失帐篷的尴尬？帐篷显然防不了盗贼，恐怕也未必能防狼群。其作用不过遮挡晚风、星光和露珠。

如果你对此有所偏爱，帐篷反倒成了一种累赘。当然，一种事物的存在，并非一无是处。关键是，帐篷丢失了，该怎么办？这则笑话中包含了两种态度，福尔摩斯的潜意识里，是要将盗贼捉拿归案；而华生在那一瞬间压根儿就把帐篷这件事给忘了，他的思绪被星星给逮住了。

许多人用一生的时间，来为自己寻找一顶帐篷；又有许多人一夜醒来，发现自己的帐篷丢失了。生活中的变化永远捉摸不定。

我的一位朋友，在南方一家私营企业做财务总监，这人专业精深，为人诚实。不法的老板让他做假账，他拒绝了。第二天，老板就炒了他的鱿鱼，房子、车子、人身和养老保险，一夜间都被老板收回，他被剥夺得干干净净。走在街上，他发现，他在那个城市已经上无片瓦，他顿时失去了安全感。

如今回头一看，当初不过是丢了一顶“帐篷”。因为后来他找到了更适合的位置。而那位精明过人的老板和新的总监，则因为做假账偷税漏税，要在监狱中度过余生。幸亏那顶“帐篷”丢了，否则，从铁窗向外张望的人群中，也少不了他的身影。

一夜间，人生的帐篷突然丢了，有人惊慌失措，有人以为天塌地陷，有人以为大难将至。人们习惯了头顶帐篷的生活。其实，正真的美好，往往是在意外中被发现。

有一顶帐篷，才有安全感，这是人们惯常的思维。人生的那顶“帐篷”，可能是财富、职业、固定收入、社交与人际关系等等，在日常被当作庇护，貌似重要无比，丢了才会发现，其实更美好的事物正是被它遮蔽于其后。比如，丢了帐篷，却拥有了满天的星星。

听塞壬唱歌

塞壬不是现代歌星，而是古希腊传说中的一位海妖，半人半鸟，有着美丽绝伦的面庞和美妙动听的歌喉。当她在海岛上唱歌并且舞蹈，路过的船员们没人能挡住她的诱惑。船，不由自主向海岛驶去，靠近海岛时，没有一艘船能逃避触礁沉底的厄运。

夜半，我常常听见塞壬唱歌。歌词内容有关金钱、美色和种种欲望。它以愉悦的方式，抵达我的感官，让我的血液流动加快，让我心动，让我颤栗。我的船将要起锚，我不知道如何抵挡这样的诱惑？

很多的人，在无望时说，箪食瓢饮，才是我需要的生活。可是，一旦情况发生改变，他有了攫取的机会，你会看到，任何一点诱惑他都不能抵挡，任何一点利益，他也不会放过。

明知道是要亏的，但实在忍不住，一位熟人这样说，股票让他亏损了很多钱，尽管他一直很明智；一位身陷牢狱的官员说，还是进来了，尽管一开始对贿赂也进行了抵拒；一个环境被严重污染的地方，当地领导说，当初都是为了发展经济，尽管一开始就知道是这样的结局。

他们都是听了塞壬的歌声。塞壬有无数张变脸，塞壬有无数变调的歌喉。塞壬是“暴力”，是“贿赂”，是“经济”。她唱起歌来，魅力无法阻挡。每当触礁沉船，便是无尽悔恨的开始。

塞壬的歌声丝丝缕缕，悠悠长长。秦朝的李斯，是最早听到塞壬歌声的人，落日黄昏，刑场之上，才对儿子感慨，很想过牵着黄犬出东门打猎的日子。如何能回过头来，把日子重新过一遍？牵着黄犬打猎，乃寻常的百姓生活，唾手可得，然而，那权贵的奢华，那相位的金光，犹如塞壬的歌唱，声声入耳。

而现在，能够听到太多的人生感慨是，早知如此，毋宁回乡当个农民。只是当初，他何曾想到，要当一个农民？

《荷马史诗》中的奥德赛却很有智慧。当他的船队要经过塞壬住居的小岛时。奥德赛将所有人绑在桅杆上，用蜡丸塞住所有人的耳朵。奥德赛的法门在于，让众人无从领略塞壬歌声的“美妙”。让塞壬本来攻击力很强的歌声，变成自娱自乐。

每天的生活，都是新鲜的诱惑。面对诱惑，犹如听塞壬唱歌，听到牙酸齿软。正如奥德赛不相信人的定力，现代人又如何过分依赖人的品行和操守。我们最需要的是——奥德赛的绑绳和蜡丸。

为人生寻找喻体

雨果说，如果你做石头，你要做磁石；如果你做植物，你要做含羞草；如果你做人，你要做性情中人。

其实，雨果的高明，在于为人生找到了鲜明的喻体。做人需要有人格的魅力，有磁石般的吸引力；做植物，就做含羞草，要自知，要懂得害羞；做性情中人，既要率性又要有个性。对人生太多的感念，都需要表达，平凡的人，找不准物象，大师雨果，为我们形象贴切地表达了出来。

我在阅读与生活中，发现了一个有趣的现象。每个人都希望对人生有自己的理解，为把这种理解表达得形象，他们都在需找喻体。于是，文本上，“人生如……”形成了流行的句式，人生如棋，人生如剑，人生如雾，人生如电。似乎世间所有的事物都可以如“人生”挂上钩，任何的事物都可以哲理性地阐释人生。

一次回乡下，我爷爷奶奶正在吵架。我爷爷说，人生像葫芦，我奶奶说人生如南瓜。当我回到家里，我老婆说，爷爷奶奶错了，人生如一件毛衣。我儿子说，他们全错了，一生如一本作业本。并且各自阐述了各自的道理，似非而是。

他们言之凿凿。而我对此却很心虚，说实在的，我至今尚未找到人生的喻体，每每信手拈来一个，仔细一想，真是挂一漏万。

我信奉尼采的“人生三象”。尼采以骆驼、狮子和婴儿比喻人生的三个精神阶段。

人这一生，首先要做骆驼。人生的开始，需要像骆驼一样吃苦负重。苦与累，是抵达成功的唯一途径，同时也是幸福的参照物。罗素说：“毫不费劲地满足了一个人所有的欲望时，幸福的要素会跟着努力一块儿向他告别的。”所以，劳其筋骨，空乏其身，是对一个人必要的锻造。

处在一个竞争社会里，一个人的精神领域里，必须有狮子的阳刚和凶猛。在一生的过程中，需要直面对手、敌手、挫折、失败、冤屈、厄运，很难一一列举，没有狮子一般的体魄牙爪及勇气，实难应付。海明威为了塑造强劲，常常只身去非洲猎狮。在他看来，一个人要打败一头狮子，首先人得具备狮子的品性。

从狮子到婴儿，难道还要从刚健和睿智，返还到柔弱与无知的状态么？表面是个悖论，实则暗含至理。无论人生如何丰瞻华美，到了晚年，大潮终将退去。七彩淡去，人生的画板只留下原色。此时的人生又重归起点，回归“婴儿”状态。没有矫饰和虚伪，只有纯真与豁达。大限将至，维特根斯坦感觉新鲜如婴儿，告诉身边的人：“我度过了美好的一生。”

锦衣玉食，满足的是动物性的本能。在此之上，每个人都不愿意放弃对生之意义的追寻。对于人生的概述，我尊重每一个拙劣的喻体，尊重每一个并不贴切的比喻。因为为人生寻找喻体的过程，正是平凡人生，对生活这本纷繁复杂的大书做出最经典的眉批的过程。

人生关键词

人生的意义繁复而庞杂。可涉及每个人，在表达对这个问题的认识时，又会表露出各自明显的趋向。这体现在人生关键词上，比如，伊壁鸠鲁的人生关键词是“快乐”，尼采的关键词是“超人”。

或许是简单的一个或几个词，却被某个人常常提起，成为他生活中的惦念和一生的纲领。如果人生是一篇论文，这一个或几个词，就是人生关键词。一生的篇幅和功夫，就为了论证这一个或几个词。

我祖父经常提到“勤劳”这个词。他在世，教育我父亲和两个姑姑，话语的核心，总是“勤劳”两个字。与他人聊天，吹嘘自己的也是“勤劳”，说得最多的是他翻山越岭奔十里山路挑一担稻种一间没歇地回家的故事。他勤劳耕作，勤劳播种，勤劳收获。一生中，一坨粪，只要出现在视线中，都无一例外地被他送进自家的菜地。这样，临终前，他就可以说："我尽力了！""我没有什么后悔的！"

父亲人生关键词是"工作"。渗透到血液的"集体主义"，让父亲觉得人生的意义就在于工作。父亲跟我说，人生只有三分之一的时间是有意义的，三分之二都是浪费。因为只有三分之一的时间在工作，三分之二的时间在吃喝拉撒睡。像那时的绝大多数父亲一样，我们姐弟四人出生，父亲没一次在产房外等候。父亲临终前，拿出一卷纸，说，这就是我的人生，意义都在里面。打开一看，是一卷奖状。

轮到我，"求知"这个词在我的意识和生活中，印象最为深刻。读小学一年级，届时叶帅写了一首《攻关》诗，给我印象尤甚。其中一句"科学有险阻\苦战能过关"一直在教育我们一生刻苦求知莫懈怠。于是，我们那代人中，有人走路用脑袋撞树，有人等公交从晨曦初露等到天黑，看起来都是傻鸟，可他们在心里沉思默想在求知。我们这代人格外关注技术职称，需要经历大大小小各种各样的考试。手提袋装着书本，脑袋装着现炒现卖的知识，晕乎乎转战于各个考场。终于有次考试的考场在儿子的学校，从教室走出来的儿子，拍拍我的肩，老爸好好考啊，活到老学到老嘛！

至于我儿子，人生关键词很直接，就一个"爽"字。我问他，染发，丐服，带耳环等等之类的酷，是不是你说的爽。他说，这些东西太表面化，而且很做作，只是一点皮毛。那到底怎么才爽呢？他解释说，把情绪弄high了，把心情弄high了，就很爽啊。那怎么才能把心情弄high呢？他说，举个例子来说啊，只是举个例子。比如，从“财”这个方面说，国外有一大笔财产等着你去继承；从“才”这个方面说，你能在《纽约客》上写随笔……

这种“爽”，我是连想都不敢想。

不过，我从中找到了人生关键词的成因。那就是，时代的烙印加个人的理想和志趣，酝酿发酵而成。

五美元，替谁花？

口袋里多出5美元，是给自己花快乐，还是替别人花更快乐？花五美元，可能并不能为自己带来多大的快乐，如何让五美元的快乐增值？

美国的一项最新研究成果给出了答案。哥伦比亚大学和哈佛大学商学院共同组成的研究小组发现，每天哪怕只是在别人身上花很少的5美元，就能极大地提升自己的快乐度。

他们请600名志愿者首先为自己的快乐程度打分，得出的结果是："不管每个人挣多少钱，那些给别人花钱的人总是更开心，而把更多钱花在自己身上的人，就没有那么大的快乐感。"

很少人会去想，钱为谁花的问题。然而，花钱的对象是别人还是自己，这个小小的差异，决定了快乐度的高低。财富的增长未必获得更高的快乐度。一个有力的证据是，美国社会变得富足，但美国人却并没有觉得更快乐。

求证这个问题，其实不乏证据，那些富而好捐的富豪，捐款的数目一次比一次大，他们感受到的不是心疼而是快乐。仅凭道德压力，一般很难让人大把掏出自己口袋里的钱。

替别人花钱，既是美德，又能获得更高的快乐。我们一般人只体会到为自己的娇妻爱子花钱比为自己花钱快乐，这很不够。还需要接着体会，为一群陌生人，为一群遥远的地方需要帮助的人花钱，是一种更高境界的快乐。

一个人如果觉得，“替别人花五美元比替自己花五美元更快乐”这说法很荒唐，那他一定是没有替别人花钱的习惯。改变这种习惯，或许就改变了想法。一旦改变了想法，自然就提升了快乐度。

纺锤状的人生

端起杯子喝水，朋友说，这只杯子真漂亮。他指的是造型。那天我们喝了不少酒，竟然探讨起人生。我说，形形色色的杯子，漂亮或者不漂亮，都是用来“盛水”的，正如人生，辉煌不辉煌，本质都是“活着”。

杯子有形状，人生有没有形状。我觉得是有的，而且是“纺锤状”的。

最初的人生，是简单而赤裸的。光着屁股蛋，若不是皱着眉头，大声啼哭，存在都几乎被忽视。渐渐长大，精神和物质，全拜人所赐，自身什么都没有。然而，渐渐长大，往后的日子里，我们渐渐得到。

我们学会了说话和行走，拥有了书包和识字课本。强壮了身体，懂得了道理。十五六岁，开始放飞青春，将理想根植在心里。这个过程，我们得到很多，包括在成长岁月那些小小的愿望，比如，一个钱夹，几元压岁钱，一条专用皮带，家长的勉励和老师的表扬，生活是丰富的，它以慷慨的姿态，给我们留下最初美好的印象：生活的过程，就是得到的过程。

一切都在膨胀，一切都在增长。负笈求学，学有所成，报效社会，人生的经验不断累积，人生的形状逐渐变粗。从生理角度来讲，骨骼强劲，体能增强。爱情、亲情、友情都是美好的，此时一一拥有和体验，在此后的很长时间，又能在生活的洪流中博取事业、家庭、名声、地位，这一切，无形中让人生变得博大而丰富。不曾失去，却慢慢地得到。不知不觉到了“纺锤的腰部”，取得了“人生最大值”。生命变得圆满，也变得多彩。

然而，忽然有一天，发现头发开始变稀，还发现口腔里有了第一颗蛀牙。开始体验到失去的滋味，人生的形状在慢慢变小，从“纺锤”的腰部滑向顶端。一夜间，膝盖变硬了，慢慢失去了弹性。原来能扛液化气罐一口气上五楼，现在空手上三楼也要喘几口气了。

人生的形状开始变细，逐渐更细，连四肢的肌肉也开始变细，只留中间的肚腩越长越大。想起年轻时的理想，往往只能一声叹息了，因为此时纵然雄心犹在，也欲振乏力了，时时能感到精力和体力像海水一样慢慢退潮。

体力弱了，心就小了，心变小了，舞台就小了。心灵是生活的半径，半径越来越短，“生活的园”也随之慢慢变小，许多的活动变得越来越没有意义，好像最值得关注的，只有体检的各项指标，生活的面，逐渐小到指标上的那几个数差。

正如曾经枝繁叶茂的大树，时间的风吹过来，就飘落一阵黄叶，直至剩下突兀的枝干。

不断失去，失去雄心，得与涌上心头的悲哀搏斗；失去健康，得用坚韧应对肌体劳落下的病痛。直至最后，缩到了一个点，赤条条地去……

以上是我对人生"纺锤状"的阐释，朋友听了，觉得这种说法有些悲观。

我并不觉得悲观。我的意思是，当人生的形状在增大阶段，你得积极主动，强化最大值；人生的形状在缩小阶段，你得从容平静，延缓最小值。

千秋作家梦

“不要叫我美人，做美人很累的，我现在是作家。”——林青霞推出处女散文集《窗里窗外》之后，对记者说。

说得很好。这则消息让我乐了一个晚上，书翻来翻去，还是翻到这一页。老婆走过来，拿书定睛细看，又迷茫地看着我：“我不明白，你到底乐什么？”

美人诚可贵，作家价更高。林青霞在人心目中算是大美女算是颜如玉了，现在她舍美人而取作家，这对天下写字人是多大的精神鼓励啊。不过接下来轮到我迷茫了，林美女是因为拈轻怕重要当作家么？我没有做过美人，不懂做美人很累，但写字的辛苦，我还是晓得的。

只有一种作家不累——社会活动型作家。我认识我家附近杂货铺老板，后来在本地举办的几次文学活动中均见到了他。他戴个鸭舌帽，背笔记本电脑，鼻梁上多了副眼睛，早早地就坐在前几排的座位，皱着眉，时而聆听时而沉思，样子人五人六的。一问，“做鞋”的。据说，若干年前曾在县报副刊上发过几首“人生如啥”的小诗。人们见了闹不明白，放着小生意不做，偏要戴个平光镜在各种场所装作家干啥?

历史上，想成真正的作家，都是痛苦的。任何时代，真正的作家，相对来说，都有那么点良知，有点个性，又想说点真话。因此非但要流汗，有些甚至还流血。说起来像开忆苦思甜大会，甚至有点恐怖血腥。唐朝的韩愈，因为废寝忘食地写，不到四十岁牙齿掉了，头发秃了，过早成了“衰哥”；宋朝苏轼，始终命悬一线，要不是皇后肯为他说话——“杀高人不祥”，恐怕性命难保；明朝的徐渭，因为内心痛苦，拿大铁钉戳自己耳朵至耳膜穿孔，用锥子刺自己肾脏导致血流不止；清朝就更不堪了，写“清风不识字”的徐骏，脑袋确实被“清风”吹掉了；《红楼梦》那么一部鸿篇巨制没一分钱稿费，搞得曹雪芹成了吃粥专业户。当代的路遥，被一部《平凡的世界》累死，之前因为用脑过度，像七八岁的孩子一样连过马路都害怕。

人的骨头是有点贱，作家纵然千万般不好，可从古至今，一群又一群人做着这个黄粱梦，连小商贩也成了追梦的人。我想，原因是人们从骨子里还是尊崇脑力劳动的。纵然江山轻美人重，美人固能倾国倾城，但佩服的人很少——因为人们都知道这是爹妈的遗传基因在起作用。而作家的遭际即便如雨打飘萍，可多少有点凄艳之色、悲怆之美。

据说毕达哥拉斯发明毕达哥拉斯定理后，欣喜万分，杀了一百头牛来庆祝。在这点上，作家和科学家是一致的。虽然历朝历代俗人很多，可是也有那么一些人，江山美人不在话下，人生之悦在于为人类贡献文字和新知。

越过生活的表象

斜阳晚风，凉爽惬意，一家油渍斑斑的小酒馆。我们把桌子搬到屋外，菜是家常菜，味道不错，随意地啜着啤酒闲聊。这是我的一位多年没有谋面的朋友，我招待他的就这么简单。可是，他连连说，我就想这样！就想这样！他从来不跟我说假话。

这位经商的朋友，生意做得很大。可我对他很同情。他说每次的晚餐对他来说都是一场餐桌上的战争。一次他赶了五个场子，喝下的酒到洗手间呕了去下个场子再喝。鲍鱼海鲜，虚情假意，比醉酒还难受。

我感觉他的生活，是在表象上滑行。虽然交友无数，却难扪虱而谈；肉林酒海，鲜有微醺的佳境。我说，你的生活有点深度。什么是生活的深度？我只好吞吞吐吐地强作解人：能做自己想做的事，有点轻松，有点充实，有点惬意，有点秘而不宣的快乐含在嘴角，留一点美好和动情给今后的日子。这样的时间，即使很短，也叫生活。

倘若把生活比作河流，随波逐流的现代人，大部分生活在河流的表层。日子过得不错，看上去很美，其实似是而非，没有寻找生活深度的时间和耐心，不能从生活中为自己找到良性刺激。所以并不快乐，内心反倒空虚。

一天是时间，一生是时间。如果淡淡地度过，一生中所有的日子累加，只是一个数量的变化，并没有质量的变化，这是没有深度的生活。然而，某一次的经历，即使短暂，或者一个午后，一个晚上，倘若一个人一件事能震撼心灵，刺激麻木，从中获取的印象足以回味一生。

说实话，我每天都在为自己虚度时光感到惶恐不安。总想每天的生活过得有意义，想写一篇有深度的文章，想思考一个新鲜的问题。行走在路上，又常常因为找不到灵感而茫然若失。

还是一位患老年痴呆症的老大娘帮了我的忙。客观上，她帮我改造了思想。从同一辆公交车上下来，她要回家却忘了家在哪里。我费了一个下午的周折，才帮她找到家门。她一口咬定我是她的儿子拽着我不让我走，直到她真正的儿子回家，老人家才恍然大悟。那一刻，我真的无比快乐。

曾经看见媒体上在炒陈光标个人演唱会送三千头生猪活羊的事，有人认为他在作秀。我认为不是。富人要么炫富，要么行善。炫富是在找心灵的愉悦，但会引起大众反感，也无意义，行善也是在找心灵的愉悦，让人心存感激，且能帮助人。陈光标不愿意过司空见惯的生活，他要用特立独行的方式为自己寻找生活的深度。我若有钱，我也会这样。

交友无数，却不及与挚友的一次长谈。思考生活的意义，不如做一件有意义的小事。进富豪排行榜，不如送猪羊让人美餐一顿，生活才不至于空无所依。

越过表象的生活，你会发现，交友有深度，生活亦有深度。生活没有深度，感受是淡淡的、浅浅的，日子虽过去了，但没什么印象。犹如蜻蜓点水，无所事事，浑浑噩噩，一生只能在世俗中打滚，没有自我，也没有个性。

美国作家莱杰说：“有教养的人对生活质量的看重甚于数量。”

生活在表象的河流，我们都想深入。